「あ……あ……ん……っ！」
きつく揺すり上げられて、高い声が漏れる。
太ももの内側にとろりと熱い雫が滴った。
「ごめん……」

ラルーナ文庫

君と飛ぶ、あの夏空

～ドクターヘリ、テイクオフ！～

春原いずみ

三交社

CONTENTS

Illustration

逆月酒乱

君と飛ぶ、あの夏空

～ドクターヘリ、テイクオフ！～

本作品はフィクションです。
実際の人物・団体・事件などにはいっさい関係ありません。

あの夏、僕は奇跡に出会った。

空は高く晴れ渡っていた。群青に近いほど濃い夏の青空。白い雲がソフトクリームのようにもこもこと立ち上がり、強い太陽の光を跳ね返している。

「魚が泳いでるっ！」

歓声が上がった。都会育ち揃《ぞろ》いの大学生たちは、まるで子供のように河原を駆け回っている。丸石の多い河原は足に優しい。ごろごろとした石に足を取られない限り、ビーチサンダルの薄い底を刺すこともなく、かえって優しい刺激が気持ちいいほどだ。

どっさりのバーベキュー用の食材に、どっさりのクーラーボックスに入った飲み物。日帰りの川遊びとは思えないほどの食料の量に、若者らしさがあふれている。

「加賀美《かがみ》くんは行かないの？」

温かい石の上に座り、ソーダのペットボトルを開けた加賀美慶人《けいと》に声をかけたのは、クラスメイトになったばかりの女子学生だった。名前はなんといったかなと考えながら、慶てはいない。

川遊びなんかしたことはないけれど。でも、それを珍しいと思えるほどの都会にも育っ

「僕は……田舎育ちだから」

人は中途半端に微笑《ほほえ》んだ。

「今日はよく晴れているね」

慶人は空を仰ぎながら言った。

「夏だもん」

あまり意味のわからない返しをして、彼女が笑う。

「あーあ、なんか久しぶりの夏休みって感じ」

それはそうかもしれないなとぼんやり思う。

慶人たちは医学部の学生だ。といっても、まだ一年生なので、やっていることは普通の大学生である。教養を二年やってから、専門を四年。六年で学士となるのが医学部だ。その入り口に、慶人たちは立ったばかりである。

慶人たちの大学、北都《ほくと》医大は比較的新しい大学だったが、それだけに設備に力が入っていて、キャンパスは充実している。大学病院もぴかぴかの最新鋭で、人気が高い。新しい大学なのに、奨学制度が充実しているので、学生も優秀なものが結構いて、程度も高い。

赤丸人気上昇中の医科大学なのである。慶人は高校三年の秋にすでに推薦入学が決まっていたが、一般入試で入るには、それなりの狭き門だ。この女子学生はきっと一般入試で医学部を目指したのだろう。場合によっては、高校入試の時点から、受験勉強が始まるような感じだっただろう。久しぶりの夏休みという言葉には、その感慨が表れていた。

北都医大ではクラス制をとっていた。医学部の定員は百人で、それを二十人の五クラスに分け、卒業までそのクラスで動くことになる。医学部は専門性が高く、必修科目が他学部に比べて桁違《けたちが》いに多いので、クラス制をとり、時間割りをしても支障がないのだ。今はまだクラスという感じがあまりしないが、専門に入る三年になれば、毎日同じ顔を見ることになるだろう。そのクラスの親睦もかねて、夏休みの一日、希望者だけで川遊びと相成ったわけである。二十人中、帰省やバイトなどで参加できないものを除いて、十人ほどが集まった。大学からバスを借り、街から二時間ほどの山間《やまあい》の川に遊びに来たのである。

「結構、人が出てるね」

広い河原には、慶人たちの他にいくつものグループがそれぞれ遊びに精を出していた。テントを張っているグループあり、カヌーを漕《こ》ぎ出しているグループありだ。慶人たちのグループは川に浸《つ》かって遊んでいる者あり、バーベキューの準備に忙しい者ありといった感じで、慶人はそれをぼんやりと見ている。

「加賀美くんって、どこの人？」

ウーロン茶のボトルを手に、女子学生が隣に座った。さて、まだ名前は思い出せない。

「ほぼ、地元かな」

慶人は大学のある都市の隣にある小さな街の名をあげた。大学のある政令指定都市のベッドタウンだ。

「自宅？」

「そう。少し遠いから、専門に入ったら、たぶん一人暮らし」

慶人は母一人子一人の母子家庭の育ちだ。母は今も現役の看護師として働いている。大学は返済なしの奨学金が通ったので、学費の心配はない。教養のうちにバイトをして、専門に入ってからの生活費を貯めるつもりだ。母は心配しなくていいと言ってくれるが、お金はあって困ることはない。慶人は大学に入ってすぐ、自宅近くのファミレスとコンビニでバイトを始めた。クラスメイトの顔を覚えていないのも当たり前だ。慶人の生活は、大学とバイト先、自宅の三角移動で終わっているのだから。

「加賀美くん、どうして医学部に入ったの？」

「……」

考え込んでしまう。

「……あまり考えたことないけど、母が看護師だからかな……。小さい頃から、お医者さんになってねって言われてたし」

「かわいい」

彼女がクスッと笑った。

そう。慶人は自分がどうして医学を志したのか、今ひとつわかっていない。刷り込みとでもいうのか、子供の頃から、進路を聞かれれば医者と答えていた。それ以外の答えをした覚えがない。だから、中学、高校と進路調査をされた時も、なんの疑問もなく医学部と書いていた。成績もずば抜けてよかったため、誰《だれ》もその進路に疑問を差し挟まなかった。

そのまま、ここまで来てしまったのだ。

〝僕は……このまま医者になるんだろうか……〟

視線を上げると、きらきらとまぶしく輝く川面《かわも》に遊ぶ同級生たちの姿。若さをいっぱいに楽しんでいる彼らも、やがて医師となっていく。みんなどんな医師になるのか、そのビジョンをふとのぞいてみたいと思った。

〝僕は……〟

「あ……」

ぼんやりと川を見ていた慶人は、ふと声を上げた。

「どうしたの？　加賀美くん」

「うん……水量が多くなったなって……」

そういえば、ここに来る途中、サイレンを聞いたような覚えがある。

〝あれって……もしかしたら、ダムの放水……？〟

子供の頃、入っていたボーイスカウトのキャンプで川に行った。その時に予備知識として教えられた記憶がある。

「ちょっと危ないかも……」

慶人が腰を浮かせかけた時だった。

「人が流された……っ！」

川の方で悲鳴が上がった。

「加賀美くんっ」

慶人は慌てて走り出していた。


「おいっ、救急車は……っ」

「ここ、電波入らないっ。車で行った方が……っ」

川に流されたのは、子供も含めて四人だった。子供はすぐに助け上げられたが、助けに入った大人二人が流されて溺《おぼ》れた。

「ど、どうしよう……」

学生たちはただ立ちすくんでいた。溺れた人たちはすでに救い上げられていたが、泣いている子供とびしょ濡《ぬ》れのまま子供を抱きしめている母親らしい人以外は、意識がないようでぐったりとしている。

「早く、救急車手配して！」

よく響く声がした。

「それからＡＥＤ、どっか近くにないかな。誰か検索して、探してくれ」

ぽーんとシャツが投げられたのを、慶人は見ていた。

「何か、バックボードの代わりになるやつない？　ここじゃ心マできない」

「あ、ああっ！」

ようやく人々が動き出した。バーベキューに使うはずだった鉄板を持ってきて河原に敷き、臨時のバックボードにする。その上に溺れて意識のない人を乗せ、彼は膝《ひざ》をついた。

〝あ……〟

顔を傷病者に近づけて、呼吸と鼓動を確認し、それが止まっていることを知ると、すぐに両手を重ねて、胸部圧迫に入った。ぎこちないが、正しい心肺蘇生の手順だ。

「AEDあった！」

検索していた学生が走り出す。もう一人の傷病者もボードの上に乗せられている。

「そっち、誰かできる？」

息を弾ませながら、彼が言った。

「心肺蘇生、高校の頃、習っただろ」

「え、でも……」

「やったことないし……」

「私、全然わからない……」

顔を見合わせる学生たちの間で、すっと手が上がった。

「……僕、やります」

そして、誰の返事を聞くまでもなく、前に進み出て、蘇生を開始した。

〝1、2、3、4……〟

カウントをとりながら、心臓マッサージを始める。慶人だった。

「加賀美くんだ……」

周りの声が途切れ途切れに聞こえる。

「え？　加賀美くん？」

「誰？　クラスにいたっけ……」

「おい、これっ」

頭にコツンと何かがぶつかった。はっとして振り返ると、人工呼吸用のポケットマスクだった。感染を防ぐためのものだ。投げてよこしたのは、もう一人の傷病者の心肺蘇生を行っている学生らしい。考える間もなく、慶人はそれを拾い、人工呼吸を行い、胸部圧迫を続ける。汗が飛び散る。陽射しを痛みのように感じる。いつまで続ければいいんだろう。少しくらっとする。でも、やめるわけにはいかない。目の前には、青い唇をした傷病者が横たわっている。

〝やめちゃいけない……〟

心肺蘇生は初めての経験だ。しかし、やり方自体はボーイスカウトでいやというほど仕込まれた。頭の中で手順をおさらいする前に、身体《からだ》が動いていた。

「1、2、3……」

必死で胸部圧迫と人工呼吸を続ける。

「おーいっ！　ＡＥＤ持ってきたぞっ！」

遠くに、救急車のサイレンも聞こえ始めていた。

頬《ほお》にひやっとした感触がした。

「わ……っ」

「お疲れ」

ぐったりと座り込んでいた慶人の頬に、後ろから冷たいペットボトルを押しつけた者がいた。

「これ、溺れた子のいた家族から。お礼だってさ」

「あ、ありがと……」

立っていたのは、すらっとした長身の学生だった。はっきりとした目鼻立ちが男らしい。ほっそりとして見えるが着痩《きや》せするタイプなのだろう。Tシャツの上に羽織った半袖のアロハからしっかりとした胸が見えていた。

「……大丈夫かな……」

ありがたくペットボトルのお茶を開ける。喉《のど》はもうからからだ。ぐっと一息に飲んで、こほこほとむせた。

「大丈夫はおまえだろ」

背中をトントンと叩《たた》いて、彼が笑った。

「あ、誰だろって顔してる」

「そ、そんなことないけど……」

彼の顔は知っている。クラスでも目立つ存在だ。容姿の良さ、よく響く声、自信に満ちた明るい性格……ただ、名前は知らない。彼は、慶人からはとても遠い存在だったから。クラスに馴染《なじ》むこともなく、ただ勉強するためだけに大学に通い、あとはバイトに明け暮れている慶人にとって、大学生活を満喫しているように見える彼は、とても遠い存在だったから。

「俺は岸谷《きしたに》だよ。岸谷弘貴《ひろき》。覚えておいてくれよ」

「あ、うん……僕は……」

「加賀美だろ。加賀美慶人。クラス一の秀才で美人。誰だって知ってるよ」

「え」

隣に座った岸谷に、顔を近々とのぞき込まれて、慶人は思わず身を引いた。

「な、何、それ……」

「おまえいなかったから知らないかもしれないけど、新歓コンパで、担任の宇佐美《うさみ》先生が言ったんだよ。加賀美は推薦の首席入学で、特待生なんだって。内申書で数学と物理満点だなんて、人間じゃねぇよな」

　岸谷の声はよく響く。きっと、こっちを窺《うかが》いながら片付けをしているクラスメイトにも聞こえている。

「それに、モデルのバイトしてるって？　確かにおまえ、きれいな顔してるよな」

「バイトなんてしてないよ……」

　確かに、女性向けのファッション誌に二度ほど出たことはあるが、あれはバイトなどではなく、街のスナップでスカウトされたのだ。母親によく似た女顔は、男性らしさがなく、線が細いばかりで、慶人自身はあまり気に入っていない。

「なんか……いろいろと勘違いされてるみたいだね……」

「秀才と美人は勘違いじゃないじゃん。おまえ、将来何科に行くつもり？　救急とか？」

「どうして……？」

「心肺蘇生、ちゃんとできてたじゃん。救急隊に褒められてただろ？」

「それは……」

　二人の傷病者は無事蘇生し、救急車が到着した時には意識も戻っていた。蘇生を行った慶人と岸谷はずいぶんと褒められ、感謝され、ようやくその人の輪から解放されたのだ。

「子供の頃、ボーイスカウトにいて……叩き込まれたから。き、岸谷は？」

「俺は高校時代に覚えた。医者になりたかったから、こういうのも覚えておいた方がいいと思って、消防署の講習行った」

おいしそうにお茶を飲み、岸谷はきらきらと輝く川面を眺めていた。

「人を助けるってさ……こういう感覚なんだな」

「え？」

ぼそりと岸谷が言った。

「医者になる感覚っていうか……覚悟？　そんなもんを突きつけられた気がした」

「どういうこと？」

「ＣＰＲ（心肺蘇生）やってた時はただ夢中だったけど、救急隊が来て、そっちに渡して、無事蘇生が確認されて……ああ、助けられたんだって思ったとたんさ、ちょっとした怖さが押し寄せてきた」

「怖さ……？」

「助けられなかったら……どうなっていたんだろうってこと」

まぶしそうに目を細めながら、岸谷は言う。

「ＣＰＲって、それほど特別なことだとは思わないけど、やるのを見ている方は当然蘇生が成功するのを期待してるよな。今日はたまたまうまくいったけど、いつもそうとは限らない。それはよくわかってる。でも……あれを見たら、みんな成功するものだと期待する。それは……医者に対しても同じじゃないのかな」

「そんな……」

慶人はそんなことを考えたこともなかった。ただ医者になる……漠然とそう思ってきただけだ。しかし、この岸谷弘貴という同級生はさらに深いことを考えている。

「まだ早すぎる気もするし、逆に遅すぎる気もするけど、医者になるのって結構怖いことかもしれないって思ったよ」

「僕は」

ペットボトルにきゅっと蓋《ふた》をしながら、慶人は言った。

「そんなことを考える岸谷なら、いい医者になれる……そう思うよ」

ゆっくりとかみしめるように、慶人は岸谷の整った横顔に言った。

「きっと……いい医者になれる」

後になって、慶人はあの真夏の時間が奇跡だと思うようになった。

彼と二人きりで話した……奇跡の時間。

彼、岸谷弘貴とはもちろん六年間同じクラスに在籍したが、クラスのリーダー格でいつもみんなの中心にいた彼と、バイトと講義、実習にだけ明け暮れた、おとなしく不器用な慶人では、所属する世界が違いすぎた。

結局あれきり、彼と話すことはなかった。顔が合えば挨拶《あいさつ》程度はしたが、不思議と話すことは一度もなかった。

彼が脳神経外科に進むと知ったのは、慶人自身が心臓外科に進むと決まった後だった。じりじりと焼かれるような真夏の陽射しとうるさいほどの蟬《せみ》の声。跳ねる水しぶきとともこもこと立ち上がる巨大な入道雲。ぬるくなったお茶の苦みとともに思い出す彼の声。

『医者になるのって結構怖いことかもしれないって思ったよ……』

たった十八歳でそう言った彼を、慶人は今、改めて大人びていたのだと思った。

「確かに……怖いね」

何かに躓《つまず》くたび、何かに出会うたびに、慶人は彼の言葉を思い出す。

命を握るこの手を見つめて、思い出すのだ。

怖いと思うことを決して忘れないように。

それは尊さに繫《つな》がることだから。

君は……僕に一番大切なことを教えてくれた。

あの真夏の……奇跡の時間で。

ACT 1

胸ポケットにいつも入れているPHSが振動した。慶人は反射的にポケットを押さえ、食事のテーブルから離れる。

「はい、加賀美です」

『加賀美先生、市消防本部から入電です』

「わかりました」

短く言って、電話を切る。それだけで十分だ。さっと食事の途中だったトレイを戻す。

「加賀美先生、お呼びですか？」

話しかけてきた看護師に軽く頷《うなず》いて、慶人は素早く走り出す。これからは時計と競争になる。エレベーターを待つのももどかしく、階段を屋上まで駆け上がる。この生活を始めてから、慶人はすっかり丈夫になった。あまりないが、たまに暇があると院内のジムに通って、できるだけ鍛えるようにしている。筋肉はつかない体質だが、瞬発力と体力は養っておきたい。

屋上へのドアを開くと、すぐに凄《すさ》まじい風が襲ってきた。耳をつんざくヘリコプターのローター音。エンジンを暖めていたのは、横の部分に『Doctor Heli』とペイントされたヘリだった。すでに側面のドアは開かれ、フライトナースが乗り込むところだった。慶人も続いて乗り込む。

「加賀美先生、詳細です」

パイロットがクリップボードを渡してくる。素早くドクターシートに座り、ベルトを締めながら、慶人はメモに目を走らせる。

「……意識障害……頭部外傷疑い……」

ここ葛城《かつらぎ》総合病院から北に五十キロほど離れた山村からの出動要請だった。

「ランデブーポイントは？」

「小学校の校庭です。すでに消防車が向かっていて、水を撒《ま》いているそうです」

心得たフライトナースがすでに確認していたようだ。ローター音が高くなった。

「離陸します」

ふわりとドクターヘリが舞い上がった。

加賀美慶人がフライトドクターになって、三年になる。フライトドクターとは、ドクターヘリに搭乗する訓練を受けた医師だ。慶人は葛城総合病院にドクターヘリが導入されて以来、ずっと搭乗を続けている。最初は正直乗り物酔いにも悩まされたが、搭乗を続けるうちに慣れ、今では葛城総合病院の医師の中で、最も多い搭乗回数を誇っている。

「お疲れ様、加賀美先生」

ヘリから降ろされた傷病者は、最初に初療室と呼ばれる場所に運ばれる。屋上のヘリポートとエレベーターで繋がっている救急処置室だ。処置室とはいっても、そこは救急指定の大病院で、簡易手術室に化けることができるだけの設備が整っている。手術室まで患者が保《も》たないと判断したら、ここですぐに手術が始まる。数時間もかかる大手術はさすがに無理だが、ダメージコントロールと呼ばれる応急処置的な手術には十分対応できる。

初療室で、ドクターヘリで運んできた患者のダメージコントロールを終えた慶人に、救命救急センター長の野木《のぎ》が声をかけてきた。

「あ、お疲れ様です、野木先生」

「SAH（くも膜下出血）だって？」

「はい」

センター内のこととなると耳の早い人だ。慶人は苦笑した。

「相変わらずの地獄耳ですね」

「それが私の仕事だからね」

　野木は、慶人と同じ心臓外科の出身で、ここ葛城総合病院でも最初は心臓外科を担当していたのだが、五年前に救命救急センターができて、そのセンター長に就任してからは、救命救急の専門医となっている。

「最初は頭部外傷って話だったけど？」

「はい。農作業中に倒れたらしくて、頭部外傷も確かにあったんですけど、よく聞いたら、奇声を発して倒れたって話だったんで……」

「なるほど……」

「右共同偏視もありましたし、エピソードが脳血管障害系かと思ったんで、こちらに戻ってから、すぐに頭部ＣＴを撮りました」

「大当たり？」

「ですね。脳神経外科にコンサルトして、あちらに任せました」

「お疲れ」

　ぽんと軽く慶人の頭を叩いて、野木は笑った。

「加賀美先生の当番日はコールが多い。フライトナースたちが噂《うわさ》してるよ」

「そんなことないと思いますけど」

現在、葛城総合病院のフライトドクターは五人。ローテーションで当番を務めているので、五日に一度平均で当番が回ってくる。フライト当番に当たると、専用のPHSが渡され、院内から出ることは許されなくなる。どうしても院外に出なければならない時は、PHSごと他のフライトドクターに当番を渡す。ドクターヘリは救急車と一緒で、出動要請がかかれば、悪天候でない限り、絶対に断ることはない。要請とともに待機中のパイロットはヘリのエンジンを回し、当番のフライトドクターとフライトナースが屋上のヘリポートに駆けつける。要請から離陸までは数分。時間との闘いなのである。

「脳神経外科といえば……新しい先生が入ったの、知ってる？」

救命救急センターは外来棟の隣にくっついた形になっている。救命救急センターは一階と二階、三階と四階が病棟、五階が理学療法科で、六階がフライトドクターとナースの当直室とパイロットの控え室、通信室になっている。その上にヘリポートを兼ねた屋上が乗っている構造だ。葛城総合病院救命救急センターは、最初からドクターヘリを持つことを前提に作られた。しかし、なかなか導入がスムーズに行かず、結局二年かかることになってしまった。ドクターヘリの導入は急務ではあるが、人員やネットワークの確保、運用方法などが整備されきっておらず、導入にはなかなか時間がかかるのである。しかし、実際導入してみると、要請の多さに、野木も慶人たちも驚かされた。初年度の出動は三百回近くになり、それも年を追うごとにさらに増えている。慶人も当番に当たった日は多い時で三回飛ぶこともあった。飛ばない日はほとんどない。

救命救急センターは、病院とは全く違う時間軸で動いている。そのため、センター内に二十四時間営業のコンビニとカフェがついている。カフェといっても、セルフのコーヒーマシンと椅子《いす》があるだけだが、それでも少しは気が休まる。そのカフェの片隅に、野木は慶人を招いた。

「加賀美先生は北都医大でしょ？」

「ええ、そうですけど」

マシン用のコインを取り出し、慶人はカフェラテを入れた。救命救急センターに所属するスタッフには、コーヒーが無料になるコインが支給されている。これを入れるとコーヒーが買え、コインは再び戻ってくる構造だ。

「野木先生は？」

「俺はブラックでね」

「はい」

二杯のカップを持って、慶人は椅子に腰かけた。隣に座った野木にカップを一つ渡す。

「北都医大がどうかしましたか？」

今は三月だ。春先のフライトは意外に身体が冷える。温かいカフェラテがおいしかった。

「うん、今度来てくれた脳神経外科の先生がさ、北都医大の出身だっていうから。年も近いみたいだし、もしかしたら知ってるかなと思って」

ブラックを飲み、ここでたばこが吸えたらなぁとつぶやいて、野木が言った。

「僕は……あまり大学内のことは知らないんですよ」

慶人はうっすらと笑った。

「つきあい、悪い方なので」

「そうだよねぇ」

野木が笑う。

「ナースたちがぼやいてるよ。加賀美先生はなかなか飲み会に来てくれないって」

慶人は、基本的に飲み会には出席しない。救命救急センターに所属する以上、全員が出席する飲み会はあり得ないからだ。それを理由に、いつも飲み会は断り、センターで仕事をしている。

「あまり……賑《にぎ》やかな席は好きではないので」

「先生、おとなしいからねぇ」

饒舌《じょうぜつ》な方ではないと思う。もともと口は重い方で、医者になってからもあまり人とのコミュニケーションはうまくならなかった。心臓外科時代もムンテラ（患者への病状説明）は苦手だった。さすがに医者になって十年近くも過ぎればそれなりに話術は巧みになるが、相変わらず人と深くつきあうことは苦手だ。というよりも、仕事以外で人と接することが苦手なのだ。

「脳神経外科の新人は、岸谷先生っていうんだよ。フルネームは忘れたな……。年の頃は、たぶん加賀美先生と同じ」

「岸谷……ですか」

「そう。川岸の岸に深い谷の谷。先生が出られなかった医局会に挨拶に来てたけど、背が高くてハンサム。先生の年頃の医者って、みんなイケメンなのかな」

「岸谷……」

少し冷めてきたカフェラテをそっとすすって、慶人はぼんやりとつぶやいた。

岸谷弘貴……彼と最後に会ったのはいつだっただろう。最後に声を聞いたのなんて、いったいいつだったかわからないくらい前だ。

「脳外にコンサルトしたんでしょ？　会わなかった？」

「はい……医長の三浦《みうら》先生が診《み》てくださったので……」

「そう」

あっさりと頷いて、野木はコーヒーをごくりと飲む。そして、空になったカップを握りつぶしながら、立ち上がった。

「やっぱ、たばこ吸ってくるわ」

「はい」

野木はかなりのヘビースモーカーで、いつも呼吸器の女医に追いかけ回されている。医療関係者は意外にスモーカーが多い。夜勤などで手持ちぶさたになった時に、たばこを覚える者が多いらしい。勤務が不規則で、なかなか酒も飲めないとたばこでストレスを発散するというのも聞いたことがある。

「じゃあ、僕もセンターに戻ります」

カフェラテを飲み終えて、慶人も立ち上がった。


〝あった……〟

救命救急センターには、医師それぞれに医局と呼ばれる部屋がある。本来の医局は内科で一部屋、外科で一部屋というふうに割り当てられているのだが、センター専属の医師には、狭いながらも一人一部屋が割り当てられている。センターでの勤務は長時間にわたり、しかも緊張が強いられる。意識があるうちにホテル並みの設備がある当直室にたどり着ければいいが、時にはエレベーターまで耐えられずに眠り落ちたくなる時もある。そのために、センター専属の医師には、仮眠室も兼ねて、一人一部屋が与えられているのだ。その小部屋で、慶人は私物のノートパソコンを眺めていた。病院支給のものもあるのだが、個人的なデータは落とし込めないので、私物を持ってきているのだ。そのパソコンで、慶人は葛城総合病院のウェブサイトを見ていた。

「脳神経外科……岸谷弘貴……」

その名前は脳神経外科の一番端っこに載っていた。つまり一番の新人ということだ。

「やっぱり……岸谷だったんだ……」

くるりと椅子を回し、上を向く。

「岸谷か……」

慶人は今、北都医大とは疎遠になっている。大学院を出てからすぐ、慶人はこの葛城総合病院に就職した。同級生たちはまだみな医局に残っている頃だった。実家が開業医でもない慶人が就職したのにはわけがあった。慶人は大学に残ることはできなかったのだ。学位を取ってすぐ、まるで追われるようにして、ここに来た。

「岸谷は……どうしてここに来たんだろう……」

ここと北都医大は遠く離れている。いつも乗っているヘリなら数十分くらいのものかもしれないが、陸路なら高速でたっぷり三時間以上かかる。当然、北都医大の派遣先にもなっておらず、むしろもっと距離的に近い国立大学医学部のスーパーローテート派遣施設になっているはずだ。つまり、北都医大からここに来るのは、慶人のように希望しない限り、かなりのイレギュラーになる。

岸谷は望まれて、脳神経外科に入局したと聞いている。トップクラスの成績と明るく、誰にでも好かれる人柄。どこの医局でも、岸谷弘貴をほしがっていた。その中で、岸谷は実習などを通して、自分が一番向いていると思った脳神経外科に入局した。そこまでは、慶人も知っていた。慶人が入局した心臓外科でも、岸谷はほしがっていた人材だからだ。その彼がなぜ、この葛城総合病院にやってきたのか。

「あ……」

ポケットのPHSが震えた。今日はフライト当番ではない。普通の呼び出しだ。

「はい、加賀美です」

『脳神経外科の岸谷です』

「え……」

一瞬、夢を見ているのかと思い、慶人は自分の頬を軽く叩いた。今まさに、頭の中を占めていたその人の声が聞こえてきたのだから。

「あ、あの……っ」

『加賀美？　岸谷だけど……俺のこと、覚えてる？』

落ち着いた声で、彼は言った。学生時代そのままの低く響く声だ。

「……覚えてる」

ようやく、慶人は答える。心臓がばくばくして、口から飛び出してきそうだ。どうして、自分がこんなにどきどきしているのかわからない。

「忘れるわけ……ないじゃない」

『そうか？』

彼が嬉《うれ》しそうに笑った。

『加賀美とは学生の頃、ほとんど話したことがなかっただろ？　とっくに忘れられてると思ったんだけど』

「そんなはず……ない」

慶人はかすれた声で言った。

「どうしたの？　こんな……時間に」

時計は午後八時。とっくに診療時間は終わっている。

『それはお互い様だろ。うちの三浦先生が、加賀美先生つかまえるのは簡単。院内ＰＨＳで呼び出せば、百発百中って言ってたけど、ほんとなんだな……』

「そんなこと……」

慶人の住むマンションは、病院から五分の距離にある。といっても、帰ることはあまりない。洗濯も食事もほとんど病院ですませてしまうし、睡眠もこの医局か、少し疲れたら当直室に上がれば用は足りる。院内にいる限りは白衣か、術衣だから、着るものもあまり考えなくていい。それでも、救命救急センターに所属するまでは、一応家に帰っていたのだが、この医局を与えられてからは、ほとんど帰宅することはなくなった。家に帰ってもやることがないのだ。

『なぁ……少し、話せないか？　忙しい？』

意外な申し出だった。

慶人と岸谷は、決して親しかったわけではない。きちんと話したのも、一年生のあの夏休みの五分間くらいだ。それでも、慶人の視界の端には、いつも彼がいた。クラスの中心だった彼はとても目立っていたし、何よりも人を惹《ひ》きつけるオーラのようなものがあった。慶人にとって、岸谷は憧《あこが》れの存在だったと言っていい。

彼のようでありたかった。自信で光り輝いている、彼のような存在でありたかった。それはきっと、あの頃の同級生たちがみんな思っていたことだろう。

「今日は当直もかかっていないから……暇だよ」

　ここにいる以上、センターが忙しくなれば診療に加わらなければならないが、慶人の普段からの勤務状態を知っているナースたちは結構気を利かせてくれる。昨日はフライト当番もかかっていたので、昼間三回飛んでいる。そのことを知っているナースは、よほどの修羅場にならない限り、慶人を呼び出さない。

「センターでよければ、遊びに来る？」

『いいのか？』

　岸谷の声が弾んだ。好奇心旺盛《おうせい》な彼のことだ。ドクターヘリも備える葛城総合病院救命救急センターに興味もあるのだろう。

「コーヒーはカフェで買ってからどうぞ」

　クスリと小さく笑って、慶人は電話を切る。ＰＨＳを握っていた手がほんのりと温かい。


　コンコンと軽いノックの音がした。

「はい」

開いていたパソコンを閉じて、慶人は振り返る。

「どうぞ」

「お邪魔」

ひょいと顔を出したのは、学生時代とあまり変わっていない岸谷弘貴だった。すらりと背が高く、ほっそりとして見えるが、肩がきちんと張った男らしい体型をしている。学生時代より少し髪が伸びたようだが、彫りの深いはっきりとした顔立ちは変わらず整っている。

「久しぶりだな」

慶人が言ったとおり、律儀にコーヒーを買ってきたらしい岸谷は、カップの一つを慶人に差し出した。

「カフェラテ……」

「あー、なんかイメージで。加賀美って、ブラックとか飲まなそうな感じだったから」

「大当たり」

慶人はクスッと笑った。おおらかで優しい岸谷のイメージは学生時代そのままだ。

「カフェのコーヒー、意外においしいんだよ。ラテももちろん。マシンのメンテナンスし

てる本物のカフェが、結構豆とかミルクにこだわってるみたい」

「へぇ……」

小さな医局に椅子は二つない。岸谷は勧められるままに、ベッドにも変身するソファに腰を下ろした。

「あ、マジにうまいな、これ……」

ブラックを一口飲んで、彼がつぶやいた。

「食堂のコーヒーよりうまいわ……」

「それ、食堂スタッフの前で言わないようにね」

確かに、センター内のコーヒーはうまい。コンビニの百円コーヒーをとっくに凌駕《りょうが》して、ちょっとした専門店並にうまい。しかし、慶人の日々の食事を担ってくれている厨房《ちゅうぼう》スタッフの機嫌を損ねるわけにはいかない。そう言った慶人に、岸谷は少し複雑な顔をした。

「加賀美……おまえ、ずうーっと病院にいるって聞いたけど……それ、ほんとなんだ」

「え？」

「いや、三浦先生がさ、笑いながら、加賀美先生は必ずピッチで捕まるって。それってさ、院内にずっといるってことだろ？」

デスクの引き出しをごそごそすると、ナースにもらったクッキーの袋が出てきた。三食を食堂で賄っている慶人に、彼女たちはよくおやつをくれる。糖分が頭のエネルギーであることを知っているのだ。

「食べる？」

「ん？」

「クッキー。消費期限は……大丈夫だ、過ぎてない」

「おまえなぁ……」

どんだけ浮き世離れしてるんだと頭を抱えながらも、岸谷は手を出してきた。ティッシュを取って、半分をデスクの上に開け、半分になったクッキーを袋ごと、彼に渡す。

「……うまいな、これ」

ナッツの入ったクッキーをポリポリと食べながら、岸谷が言った。

「センターのナースにもらったんだよ。彼女たちはなかなかグルメだから、たぶんおいしいのをお取り寄せかなんかしたんだと思う」

相変わらず、おまえは女の子にもてるなと、岸谷が笑う。

「相変わらず？」

慶人は岸谷を見つめた。黒目がちの大きな目に見つめられて、岸谷の方が困ったような顔をしている。

「僕、女の子にもてたことなんて、ないと思うけど……」

「それはおまえが鈍感だっただけ」

ほとんど話したことはないといっても、そこは同級生だ。顔を見て、すぐに言葉はラフになった。

「うちのクラスの女で、おまえを意識したことがないのなんていなかったと思うぞ」

「それは……岸谷の方じゃないの？」

慶人は素直に言った。

「僕から見ても、岸谷はかっこよかったもの。クラスでも一番目立ってたし……」

「俺はただでかいだけ。態度も身体も」

岸谷は屈託なく笑う。

「悲しいことにグループ交際以上には発展しなかったよ。脳外に進んでからは、それどころじゃなかったしな」

脳神経外科は激務だ。だいたい外科系は激務が多い。長時間拘束される手術が必須《ひっす》だからだ。術前、術後含めて、手術がらみの仕事はとても多い。それは心臓外科に籍を置いたことのある慶人にもよくわかっていた。

「しかし、おまえはそれ以上だろ？　心臓外科から救命救急って……激務のはしごじゃないか」

「まぁ……ね」

慶人は曖昧《あいまい》に頷いた。

「忙しい方がいいよ。なんか……無駄なこと考えなくてすむ」

「無駄なこと？」

「……なんでもない」

慶人が医局から離れて、ここに来た理由を彼は知っているだろうか。心臓外科内では大騒ぎになったが、果たして、脳神経外科まで伝わったかどうか。

「そんなことより……まだ向こうばたばたしてないみたいだから、少し見てみる？」

慶人はドアの外を指さした。岸谷が顔を上げる。

「いいのか？」

「大丈夫だよ。まぁ、もしかしたら、診療に引っ張り込まれるかもしれないけど」

くすりと笑って、慶人は立ち上がった。慶人のほっそりした背中を見つめて、岸谷がつぶやく。

「……加賀美、少しは大人になったか？」

「え……？」

いったい何年ぶりに会うのかもわからなくなった同級生に言われて、慶人はきょとんと目を見開いて、振り向いた。

「大人って……」

「なんか、落ち着いたなーって思ったから。いや、学生時代の加賀美って、何か……おびえてる子供っていうか……そんなに怖がらなくてもいいのになーって感じだった」

「そう……かな」

おびえているつもりはなかった。ただ、引け目があったことは確かだ。私大の医学部はそれなりに金がかかる。だから、同級生たちはほとんどが裕福な家庭の子女だった。その中で、看護師の母の手ひとつで育てられ、奨学金とバイトで学費と生活費を賄っていた慶人は、いつもどこかに違和感を覚えていた。自分がここにいていいのだろうかという違和感だ。

「僕なんて、目立たなかったし、いるかいないかわからないくらいだったと思うんだけど」

少し笑って言う慶人に、岸谷は首を大きく横に振った。

「どういたしまして。さっきも言ったけど、加賀美、結構目立ってたぜ？　おまえが心臓外科に行くって聞いた時、相当ショック受けた連中いたし。おまえ、繊細なイメージだったから、眼科とか神経内科とかに行くって、みんな思ってたからな」

「そうなの？　僕、繊細？」

　慶人は自分を指さす。

「そんなことないよ。繊細だったら、こんなところで寝られないって」

「うん、だからびっくりしてる。おまえの名前と所属見た時、ほんとに俺の知ってる加賀美慶人なのかって、何度も確認した」

　新任の脳神経外科医は、ぴしりとプレスの効いたケーシーと白のパンツの上に長白衣を羽織り、赤いネックストラップのついた医療用ＰＨＳを胸ポケットに入れている外科医らしい姿だ。一方、くたびれ気味の救命救急医は夜モードなので、すぐに寝られるように、またすぐに外来に飛び出していけるように、少しのりの落ちたブルーの術衣の上下、素足にサンダル履き、それだけでは寒いので、少し厚手のウールのカーディガンを羽織っている。長白衣は裾《すそ》が引っかかるし、ヘリの中では邪魔になるだけなので、慶人はほとんど着ない。術衣か半袖のケーシーかの二択である。医療用ＰＨＳは、部屋にいる今は外して、デスクの上に置いてある。これを首から提げていると肩が凝って仕方がない。

「……そうだね、学生の頃からは少し変わったかも」

　慶人は少し視線を外して、ぼんやりとブラインドのかかった窓を見た。窓の外には見事な桜の木があるのだが、まだ少し花が咲くには早い。

「あの頃は……前ばかり見ていた。先のことばかり考えて、今を考えていなかった。今を見ていなかった。だから……クラスメイトの顔も正直、よく覚えていないんだ」

「ああ……まぁ、なんとなくわかる。おまえ、いつもどっか遠くを見ている感じだった」

ちょうど今みたいに……と、岸谷は言った。

「俺たちより、ずっと高いところを見ている感じがしたよ。おまえはなんか……別の世界に生きているような感じだった。今とは別の意味で、浮き世離れしていたよ」

「浮き世離れ……」

慶人の足下は今もふわふわとしている。地に足をつけるには、ここは忙しすぎた。毎日、自分の手を通り過ぎていく命をつかまえることに手いっぱいで、現実世界に生きているという感覚がひどく希薄だ。

「……今も昔も、大したこと考えてないよ」

そう言って、慶人はドアを開ける。

「……センターを案内するよ。今なら、ヘリもあるから、中も見せてあげる」

そして、にこりと微笑む。

「ついでに乗りたくなってくれると嬉しいな」

慶人は自分の医局のドアを引いて、中に入り、背中でぱたりと閉めた。

「……岸谷」

ヘリの中まで見せてもらい、子供のように目を輝かせていた彼。旺盛な好奇心と素直な感性は、学生時代と少しも変わっていなかった。彼はいつも光の当たる場所にいる人間だった。自分のように、そっと世界の片隅にいるべき人間ではなかった。

「でも、ここは……」

確かに、葛城総合病院は大病院で、働き場所としては申し分のないところだったが、忙しすぎるのが玉に瑕《きず》だ。つまり、臨床の最前線であり、それは研究の間などないということで、ある程度の立場に立つまでは、仕事だけに追いまくられるということだった。

「君は……僕の立場に立つべき人間じゃないよ……」

君は、あまりの忙しさに身を構う暇もなく、家に帰る間も惜しんで眠る人間じゃない。

「何が……あった？」

鳴り物入りで医局入りし、順調にキャリアを重ねていたはずだった彼。本来であれば、医局内で肩書きがつき、いずれトップを目指していくはずだった彼。その彼が、なぜ、北都医大から遠く離れた臨床の最前線にやってきたのか。

屈託なく笑う彼に、それを質《ただ》すことはできなかった。学生時代のたった五分間のふれあいを大切に抱きしめている慶人にとって、もしかしたら、彼の痛みに触れてしまうかもしれない言葉を発することはできなかった。

「岸谷……」

それでも、君と肩を並べて、コーヒーを飲み、話をすることができたのを喜ぶ僕を許してほしい。

僕は、君に会えて嬉しかったんだ。

ACT 2

葛城総合病院の職員食堂は、バイキング形式のセルフサービスである。といっても、メニューは豊富だし、何より安くてうまい。慶人は、いつものとおり、和風の定食セットを作ると、窓際の席に座って、食事を始めた。

「よ、お疲れ」

ハンバーグにたっぷりの野菜のつけ合わせ、山盛りご飯というメニューを持って、向かいに座ったのは岸谷だった。

「あ、お疲れ……外来？」

「そう。結構ばたばた。忙しいな、ここ」

おいしそうにもぐもぐとハンバーグを食べながら、岸谷が言った。

「大学の比じゃないいな」

「基幹病院だからね、このあたりの。というより、このあたりで大病院といえる病院はうちしかないからね」

今日のおかずはカレイの煮つけにした。薄味だが、しっかり味が含ませてあっておいしい。

「おい、そんなあっさりしたもんでエネルギーになるのか?」

「お昼にがっつりは、ヘリに乗るのがつらいんだ」

慶人は笑いながら言った。

「乗るようになるとわかるよ?」

「来週から始まるフライトドクターの研修を受けることにした」

岸谷はにこにこしながら言う。

「院長に大喜びされた。フライトドクターは意外となり手が少ないって」

「正直、激務だからね」

「でも、おまえはやってる」

岸谷が、真っ直《す》ぐに慶人を見つめた。彼の瞳《ひとみ》はいつもきらきらと輝いている。好奇心と喜び、期待、いろいろなものに輝いている。慶人はそんな瞳がうらやましいと思う。

「……忙しいの、好きなんだ」

「変わってる」

「かもね」

少し冷めた味噌汁《みそしる》も薄味気味だ。今日の実は豆腐とわかめ。

「……なぁ、加賀美」

「何？」

卵焼きは関東風と関西風の二種類。慶人の好みは関西風だ。ひとつくれと言って、卵焼きをつまみ、しょっぱいと言って笑う。

「ちょっと相談……てか、質問。ご教示願いたい。おまえ、救命救急やってるから、症例診てるだろ？　俺、臨床経験、圧倒的に足りなくて」

「どうしたの？」

「昨夜《ゆうべ》、俺、時間外の当番だったんだけど」

ハンバーグを食べる手を休めて、岸谷が言った。

葛城総合病院には、救命救急センターの他に、センターに運ぶほど重症でない患者を診るための時間外外来が設けられている。外科系と内科系それぞれの医師が担当する。

「ちょっと……気になる患者がいてさ」

「気になる患者？」

「内科の方に来たんだけど、あっちが忙しいってんで、俺が診た」

岸谷は少し声を低くした。

「主訴は過換気。血ガスでも二酸化炭素が下がっていて、過換気には間違いなさそうなんだけどさ……妙に重症感が漂ってて、一応入院にしたんだ」

「過換気で入院？」

「うん……なんか、勘が働くっていうか……呼吸苦と手足のしびれだから、過換気だとは思うんだけど、なかなか軽症化しなくて」

「エピソードは？」

慶人は食事を終え、すぐそばにあるコーヒーポットからコーヒーを持ってきた。カフェのものほどおいしくはないが、一応コーヒーの味はする。

「三十代の女性なんだけど、最近、ひどく疲れやすいって言ってた。なんか、寝てばっかりいるって。連れてきたのは旦那《だんな》だったんだけど、せっかくダイエットして健康になったと思ったのにって……」

「ダイエット？」

「そう。二十キロくらい減量したって言ってたな……」

慶人はコーヒーを飲みながら考えている。

「来院した時の状態は？」

「……意識朦朧《もうろう》。最初は眠いのかと思ったけど、ちょっと違う感じがした。傾眠傾向っていうかな。意識混濁」

慶人の頭が回り始める。自分が経験した症例を考える。

「もしかしたら……だけど」

慶人は慎重な口調で言った。

「心音と……膝蓋腱反射《しつがいけんはんしゃ》を確認して」

「は？」

「僕の思うとおりだったら、心音はギャロップリズムで、膝蓋腱反射は……たぶんないと思う」

「膝蓋腱反射がない？」

「脚気《かっけ》か？」

後ろにいたのは、救命救急センター長の野木だった。こちらも軽めの食事をとっている。

「野木先生」

「加賀美先生、もしかして、脚気とウェルニッケ脳症疑ってる？」

「え」

岸谷が振り返った。

「お、男前発見」

野木がにんまり笑う。

「初めまして。脳外の新人さんかな？」

「あ、はい……岸谷です」

「私は野木。そこの加賀美先生の上司ってことになってる。よろしく」

「よ、よろしくお願いします……で、脚気？」

岸谷の疑問符に、慶人が答える。

「急激なダイエットっていうエピソードと過換気……もしかしたら、代謝性アシドーシスを補正しようとして、過換気になってるんじゃないかな……」

「あ……っ」

岸谷が立ち上がった。

「そういうことか……っ」

ありがとうございますと頭を下げてから、岸谷は顔を上げた。

「でも、なんで？」

慶人はコーヒーを飲みながら言った。

「現代ではまれだけどね。でも、たまにいるんだよ。アルコール依存とか拒食症とかで」

「へぇ……」

「救命救急はなんでもありだからね」

野木が言った。

「こういう飛び道具的な診断もたまには必要なわけ」

「勉強になります……っと、じゃあ、確認して、すぐチアミン入れないと……っ」

岸谷はばたばたとトレイを片付けて、食堂を出ていった。

「動きが早いねぇ」

野木が言った。

「元気でいいね」

「学生時代からああでしたから」

慶人は微笑んだ。

「みんな、彼といると元気になるんです」

「へぇ、じゃあ、加賀美先生の学生時代の憧れの君ってわけだ」

「の、野木先生……っ」

「冗談だよ」

くっくっと笑いながら、野木が立ち上がった。と、同時に彼のＰＨＳが鳴り始める。フライト当番用のものだ。

「おや、お呼びだ」

ＰＨＳの受信ボタンを押して、野木が答える。

「はい、野木……はいよ」

「フライトですか？」

慶人の問いに、肩をすくめて頷く。

「ちょっと飛んでくる」

「はい、お気をつけて」

走り出していった岸谷の後を追うようにして、野木も出ていった。


センター内の自室で、慶人は送付されてきた雑誌を読んでいた。家に持ち帰らないので、部屋の隅にはこの手の医学雑誌が山積みになっている。捨てればいいのだが、珍しい症例などが載っていることもあり、なかなか捨てられない。

コンコンとノックの音が聞こえた。

「はい、どうぞ」

雑誌を読みながら、返事をする。どうせ、スタッフが外来を頼みに来たのだろう。電話で呼んでもいいのだが、それは失礼とでも思っているのか、呼びに来た方が早いと思っているのか、部屋を直接ノックされる方が多い。

「え？」

「よ、忙しいか？」

顔を出したのは岸谷だった。もう仕事は終わっているらしく、私服らしい白いシャツにカーディガンを肩がけにし、チノパンを穿《は》いている。

「岸谷……」

「飯は？」

「まだだけど……」

時計は午後六時。夕食は希望を出すと用意してもらえる。今日は希望を出していないので、そろそろ弁当でも買いに行こうかと思っていたところだ。

「じゃあ、差し入れ。一緒に食おうぜ」

入ってきた岸谷が差し出したのは、近くの中華料理店のテイクアウトだった。白い紙袋をソファの前のテーブルに置くと、中からいろいろな大きさのランチボックスを取り出す。

「うわぁ……いっぱい買ってきたね……」

「何が好きかわかんないから、とりあえずいろいろ買ってきた。うまそうだったし」

料理を広げ、テーブルを挟んで、岸谷はソファに座り、慶人はデスクの椅子を引っ張ってきて座った。

「今日、ありがとな」

二人分ある焼きそばに箸《はし》をつけながら、岸谷が言った。

「え？」

「ほら、例の……代謝性アシドーシスの患者。大当たりだったよ。チアミンぶっこんだら、みるみるよくなった」

「それは何より」

にこりと慶人は笑う。

「救命救急医なんて、瞬間芸の連続みたいなものだからね。結構珍しい症例もよく診る」

「いや……マジに感謝。加賀美、すごい経験してきたんだなぁ……」

「たまたまだよ」

こんがりと焼き目をつけた焼きそばがおいしい。他にも、エビチリやら八宝菜やら、二人の食事にしては多すぎるくらいの料理が並んでいる。

「心臓外科と救命救急、どっちがやりがいがある？」

「うーん……」

ストレートな問いに、慶人は考え込んだ。

「どうだろう……どっちもいろいろやりがいはあるから。でも……心臓外科は僕がやらなくてもいいのかなとは思ったよ」

「自分がやらなくてもいい？」

「僕がやらなくても、もっと腕のいい誰かがやればいいのかなと思った。だから、ここに救命救急センターができた時、すぐに転科した」

命をつかまえるという意味では、心臓外科も救命救急も同じだが、救命救急の方がよりリアルに命を感じられる。今、ここで心臓を動かさなければならないという、ひりひりするような切実感が、ふわふわとしている慶人を繋ぎ止めていてくれる。

「それに……忙しい方がいいんだ」

救命救急医は、基本的に休日が少ない。特に、センターに詰めきりになっている状態の独身の慶人には、休日がないと言ってもいいほどだった。

「忙しければ……忘れていられる」

慶人は顔を上げた。

「お茶、もらってこようか」

「お茶ならある」

用意よく、ジャスミン茶のペットボトルを岸谷が差し出す。

「何を忘れていられるって？」

お茶を受け取り、ペットボトルの口を切ると、ふんわりといい香りがした。慶人は一口飲んで、ふうっと息を吐く。ジャスミンの香りの吐息だ。

「……僕が大学に残らなかったわけ、知ってる？」

「え……」

その反応で、ああ知っているんだなと思った。一から説明せずにすんだことに、慶人は少しほっとする。

〝……大スキャンダルだからね〟

「なんか……母親に操られて、僕の人生は成り立っていたんだなぁと思うと……時々、たまらない気持ちになるんだよね」

慶人が自分の出自を知ったのは、学位論文が通る直前だった。突然、大学の医局に名誉教授の家族が押しかけてきたのだ。

名誉教授が亡くなったのは知っていた。母が世話になったことがあると言って、葬儀に行っていたし、慶人も大学の医局から手伝いに行ったからだ。しかし、その時は何もなかった。問題は葬儀を終え、遺産相続のために遺言を開封した時に起こった。その遺言で、慶人は相続人の一人に指名されていた。慶人自身は全く知らなかったが、慶人は亡き名誉教授の妾腹《しょうふく》だった。母が教授と不倫し、その結果生まれたのが慶人だったのだ。母はシングルマザーの道を選び、認知も望まなかった。ただ、慶人に父である教授と同じ医師の道、心臓外科の道を歩くことだけを望んだ。慶人は何も知らないまま、心臓外科に進み、父である名誉教授に出会った。慶人は親子と知らないまま、かわいがられ、アドバイスもいろいろともらった。このまま医局に残り、心臓外科医の道を歩む……そう慶人が決めた時、突然事件は起きた。

「人の記憶ってやっかいなんだよ。僕は医局に八年いたのに、あの日の……実の父親の親族に罵《ののし》られたあの一瞬のことしか覚えていないんだよ」

父親は、血の繋がった子供の中で唯一医師になった慶人と彼を育てた母に、相当の遺産を残していた。そのことが遺言を開封することで表沙汰《おもてざた》になった時、親族たちは大学に怒鳴り込んできた。何も知らなかった慶人は、すぐに相続をすべて放棄し、医局から追われるようにして、葛城総合病院に就職した。

「あの瞬間から、僕は医局にとっての厄介者になった。もちろん、学位論文はちゃんとしたルートで通ったし、恥じることは何ひとつない。でも……それだけじゃだめなんだよ。僕の気持ちだけじゃ、誰も納得させることはできない。いくら、僕が不正をしていないと言っても、その証拠はどこにもない」

医局に居場所がなくなり、急に就職することになって、北都医大と縁のない病院とだけ思って、葛城総合病院就職を決めた慶人だったが、職場には恵まれたと思う。病院は慶人を必要としてくれたし、仕事に専心する慶人を正当に評価してくれている。

「母とは……ここに来てから一度も会っていない。育ててくれたことは間違いないから、恨みはないけど……会いたいとは思わない。勝手だけど」

「勝手なんかじゃない」

岸谷が静かな声で言った。

「おまえの気持ちが百パーセントわかるとは言えないけど、自分の力が及ばないところで、評価が決められるってつらいことだよな。それは努力でどうこうなることじゃないから」

かみしめるように言う彼が、いつもと少し違う気がした。彼らしい闊達《かったつ》さはそこになく、何かを考えるふうに見えた。

〝もしかして……〟

彼も何かを抱えているのだろうか。簡単に口に出せないような秘密を抱えているのだろうか。しかし、今の慶人には、まだそれを質すことはできなかった。

〝僕は……まだその距離にいない……〟

この大病院唯一の同窓生。まだ、二人の関係はそこから出ていない。少なくとも、慶人はそう思っている。

「……ごめん。重たいこと言っちゃって」

慶人は小さく笑った。

「あんまり気にしないで。もう……過去のことだし。僕はここに来てよかったと思ってる。センターの仕事はやりがいあるし、ヘリに乗るのもね」

「そう、それ」

岸谷は軽く慶人を指さした。

「ドクターヘリ、北都にもあったけど、俺は乗ったことなかったんだよな。受け入れは何度かやったけど」

「フライトドクターやると癖になるよ、きっと」

慶人は辛いなぁとつぶやきながら、麻婆豆腐《マーボー》を食べる。

「岸谷、救急車をいらいらしながら待ったことない？」

「……ある」

「転送とかで、とっとと来いっ！……って思ったことあるでしょ」

「……ある」

岸谷は素直に頷いた。

「仕方ないんだろうけど、救急車って出発するまで結構長いよな……」

「向こうは向こうで、なかなか受け入れてくれないっていらいらしてるんだろうけどね」

デザートの桃饅《ももまん》と杏仁《あんにん》豆腐まであるのに、岸谷の細やかな心遣いが知れて、慶人は嬉しくなる。

「ドクターヘリには、そのもどかしさがないんだ。お互いに。医者が直接現場に行くから」

「ああ……」

そうかと岸谷がつぶやく。

「患者を収容する時点で、治療が始められるんだ……」

「応急手当になっちゃうけど、そこである程度の見当はつけられるからね。受け入れの準備も違ってくるでしょ」

「確かに……」

「岸谷」

慶人はデザートをどちらにしようかと眺めながら、さりげない調子で言った。

「ここは臨床の最前線だよ。医者として……たぶん一番力をふるえる場所だよ」

「加賀美……」

「僕は……君が来てくれて、とても嬉しいよ」

杏仁豆腐のカップを開けて、慶人は顔を上げた。

「……久しぶりにたくさん食べて、たくさん喋《しゃべ》った気がするな」

「ああ……俺もだ」

じゃあ俺はこっちと、桃饅を割りながら、岸谷がにっと笑った。

「俺も早くフライトドクターになるからな」


意外に細やかな性格らしい岸谷は、ちゃんと食べ終わった容器をすべて持って帰った。残っていたお茶を飲みながら、慶人は少し迷ってから、大学時代の同級生たちの名簿を取り出した。慶人のクラスにまめな人間がいて、卒業時にきちんと名簿を作成していたのだ。電話番号や勤務先が変わっている者もいるだろうが、変わっていない者もいるはずだ。じっと名簿を見て考えて、携帯電話を取り上げた。

「……」

コールは五回、あきらめようと思った頃に電話は繋がった。

「あ……あの、僕、大学の同級生の加賀美だけど……」

『加賀美……って、加賀美慶人か？』

加賀美という少し珍しい姓が幸いしたのか、相手は覚えていてくれたようだ。

『久しぶりだな』

「あ、うん……ごめん、突然」

『いや、別にいいけど。おまえ、今どこにいるんだっけ』

相手は、岸谷と同じ脳神経外科に進み、今は大学近くの病院に勤務している長谷部《はせべ》という男だった。

「葛城総合だよ。救命救急にいる」

『それはまた激務だな。加賀美らしくない気もするけど。おまえはもっとこう……繊細な方向に行くと思ってたよ』

皆同じことを言うなと思った。慶人は少し笑う。

「別に、僕は繊細じゃないよ。気が小さかっただけ」

大して親しくなかった相手との雑談は難しい。慶人は少しためらってから、本題に入った。

「長谷部、あの……岸谷って、覚えてるよね」

電話の向こうが一瞬黙った。やはり何かあるのかと、慶人は直感する。

「岸谷弘貴だよ。長谷部、医局一緒だったでしょ」

『あ、ああ……そうか、葛城総合病院か……聞き覚えあると思ったら、岸谷か……』

「今、うちにいる。ねぇ、長谷部。岸谷、医局で何かあった？　彼、大学から離れるような立場じゃなかったでしょ」

『……別に、離れたわけじゃ……』

「うちは、北都医大の傘下にない病院だよ。距離的にも学閥的にもね。だから、僕がいられる」

電話の向こうが完全に沈黙した。慶人の立場もわかっているようだ。

「長谷部」

『……悪い、加賀美。この件に関しては、俺も言及できる立場にないんだよ。医局に箝口《かんこう》令《れい》みたいなもんが敷かれててさ。あんまり口にできないんだよ』

「……どういうこと？」

『だから……言えないんだよ。たぶん、誰に聞いても同じだと思うから言っておくけど、岸谷のことはあまり詮索《せんさく》しない方がいい』

それだけ言って、電話は切れてしまった。

「箝口令……？」

電話を置き、慶人は椅子に深くもたれる。

「箝口令って……なんだろう……」

慶人の時も、医局には箝口令が敷かれた。そして、事を荒立てずに、慶人が医局を出るのを待った。それでも、大学の医局に家族が怒鳴り込んだという派手な事件のせいで、完全な箝口令にはならなかったが、とりあえず、今の心臓外科医局は平穏だと聞く。

「何が……あったんだろう」

岸谷には、自分のような後ろめたさや陰のようなものは見えなかった。もしかしたら、そう装っているだけかもしれないが、少なくとも、学生時代のイメージと大きく変わることはなかった。それだけに、彼に何が起こったのかが全く想像できない。

「……まぁ、いいかな」

もう一人と名簿を取り上げかけて、慶人は手を止めた。

岸谷は今、慶人の目の前にいて、学生時代と全く変わらない屈託のなさを見せている。

確かに、時に気になる言動はあったりもしたが、彼の本質は変わっていないと思う。それならばそれでいいではないのか。

「岸谷は……変わっていない」

今、目の前にいる彼は、慶人が憧れた岸谷そのままだった。明るく輝く瞳も、自信に満ちてよく響く声も少しも変わっていなかった。

「このままで……いい」

ぱたりと名簿を閉じて、慶人はつぶやく。

このままそっとしておくのがいい。彼に何があったとしても、彼は少しも変わっていない。だから、自分も変わらずにおこう。きっと、何も知らない方がいい。

あの頃の自分がそうだったように。

ACT 3

救命救急センターのカフェには、小さなテラスがついている。そのガラス戸を横に引いて開けて、慶人は外に一歩踏み出した。センターの裏手に一本だけある桜が花をつけ始めていた。まだ開いている花は数えるほどだが、ちらちらと揺れる木漏れ日に薄い花びらが透けている。

「春だなぁ……」

熱いカフェラテを一口飲んで、つぶやく。

ここに来て、五年になる。この桜に気づいたのは、センターができてからだ。自分の医局の裏手にあたり、窓を開けるとちょうど目に入ってくる。花盛りの頃は、晴れている昼間は窓を開け放っておく。微《かす》かに芳《かぐわ》しい香りのする花びらが舞い込んできて、忙しい日々の中にほんの小さな安らぎをくれる。

「へぇ、ここ、桜があるんだ」

よく響く声に振り返ると、小銭を手にしている岸谷が立っていた。

「岸谷、ここまでコーヒー買いに来たの？」

「悪いか？」

小銭を入れようとするのを押さえて、自分のコインを取り出した。

「ブラック？」

「少し疲れ気味だから、砂糖入り」

「増量してあげようか」

「やめてくれよ」

砂糖入りのブラックを買って、戻ってきたコインをポケットにしまう。

「よく働いてるみたいだから、おごりだよ」

「みたいってなんだよ」

熱いコーヒーを手にして、岸谷はサンダルのまま外に出た。

「へぇ……一本だけか。咲き始めてる」

「何本か植えたらしいんだけど、日当たりの関係で一本しか残らなかったみたい。でも、ここ、外来の方より日照時間が長いみたいで、向こうより先に咲くよ」

葛城総合病院の外来棟前には、短いながら、桜並木がある。八重桜も混じっているので、花の時期が長い。ソメイヨシノと八重桜がともに咲く頃は、春爛漫《はるらんまん》といった華やかさだ。

しかし、センター裏の桜は孤高の一本桜で、殺伐としがちな救命救急センターのスタッフに、凛《りん》とした美しさを見せてくれる。

「俺がここに来た頃は……まだ寒かったのにな」

岸谷が赴任して、もうじき一ヶ月になる。三月の初めから末までは、最もドラスティックに季節が動く時期だ。

「もう春だね」

慶人は微笑んだ。

「季節の中で、春が一番好きかも」

「俺は夏だなぁ」

慶人のすぐ後ろに立って、岸谷が言った。

「かーって陽射しが強くなってくると、わくわくしてくる。別に海に行ったりはしないんだけどさ」

「岸谷は夏が似合うかもね」

雲が流れ、木漏れ日がきらきらと輝く。どこからか、甘い花の香りが風に乗って流れてくる。これはきっとセンター外の花壇のフリージアだ。

「いい天気だね」

「ああ……晴れた空なんて、久しぶりに見た気がする」

医師は基本的にインドアだ。特に外科系は手術室に入ることが多いので、なお季節の流れや天気に疎くなる。夜が明ける前にオンコールで呼ばれ、そのまま外来と手術室を行き来して、帰る頃には暗くなっている……そんなことが当たり前なのだ。

「デートでもしたくなる天気だな」

「……だね」

慶人がくすりと笑った時だった。慶人の胸のポケットでＰＨＳが鳴った。

「はい、加賀美です」

『先生、湖尻《こじり》島から要請です。脳血管障害疑い』

「わかりました」

湖尻島はここから百キロほど離れたところに浮かぶ小さな島だ。人口は百人弱、当然病院はなく、診療所がひとつあるだけだ。

「お呼びか？」

慶人が飲みかけていたカップを受け取ろうと手を出しながら、岸谷が言った。それに頷いて、慶人ははっとして、岸谷の手をつかんだ。

「え？」

「岸谷、一緒に行って」

「は、はぁ？」

「外来終わったでしょ。手術は？　ムンテラある？」

「いや、ないけど」

「じゃあ、来て」

仕事に入ると、慶人の控えめな態度は一変する。特に、救命救急の仕事に就いてから、慶人は自分の性格が少し変わったと思っている。控えめな医師では、患者の命を助けられない。それを理解してから、慶人は仕事に入ると、いつものおとなしい慶人からギアを入れ替えることにした。はじめはうまくいかなかったが、努力するうちに声も出るようになり、やがて、そのギアチェンジはスムーズに行くようになった。

「来てって……」

岸谷の方が戸惑っている。慶人はカップをさっさと置くと、岸谷の腕をつかんで、センターに向かって歩き出した。

「フライトドクターの研修、受けてるんでしょ」

「いや、受けてるけどさ……」

「初期研修終わってれば、うちは単独でなければ、ヘリに乗れることになってる。僕が一緒に乗るから、許可は下りるよ」

センター端にあるエレベーターは、屋上直通だ。

「湖尻島で、脳血管障害疑いの患者が出たんだ。時間勝負だから、脳外科医が一緒に行ってくれると助かる」

エレベーターが降りてきた。慶人はPHSを出して、センター長である野木にかける。

「加賀美です。湖尻島からの要請で、これから離陸します。脳外の岸谷先生に同乗していただきますので、三浦先生の許可を取ってください」

返事を聞かずに電話を切ると、エレベーターに岸谷を引っ張り込む。

「わかった……わかったから、手を離せって」

岸谷に笑いながら言われて、慶人は自分が岸谷の白衣を強くつかんでいたことに気づいた。慌てて手を離す。

「ご、ごめん……」

「おまえ、性格変わったか？」

「うん……少し変わったかも」

慶人は、大学院を出る時の事件で、自分が少し変わったと思う。信じられるのは自分だけ。血を分けた家族ですら信じられない。だから、自分がまず動かなければならない。自分の人生を切り開くためには。だから、動く必要があると判断したら、そこに向かって真っ直ぐ進む。自分自身の力で。誰にも頼ることなく。

屋上への扉を開くと、ヘリの爆音と風切り音が聞こえた。ヘリはすでに横腹を開けて待っている。

「……行くよ」

「ああ」

慶人はぱっと走り出した。すぐに岸谷が続く。

「今日は岸谷先生にも乗っていただきます。いいですね」

パイロットとナースに言うと、慶人はサブシートに座り、ドクターシートを岸谷に譲った。

「いいよ。行って」

ドアを閉め、パイロットに告げる。

「離陸します」

ヘリが舞い上がった。

ドクターヘリには、ランデブーポイントというものが必要だ。ヘリは必ずしも現場に降りられるわけではない。ヘリが降りられるだけの広さと平坦さを持った場所が必要なのだ。そこまで救急車が傷病者を運んでくる。そこをランデブーポイントと呼ぶ。

湖尻島のランデブーポイントは診療所からほど近い役場前だった。

「こちらです」

湖尻島に救急車はない。消防団がランデブーポイントまで迎えに来ており、すぐ近くにある診療所まで案内してくれた。

「葛城総合病院救命救急センターの加賀美です」

診療所に入ると、白衣姿の初老の医師が待っていた。

「湖尻島診療所の堺《さかい》です。おいでいただいて、ありがとうございます」

「患者は」

加賀美はさっと中に入っていく。すぐに岸谷も続いた。

「葛城総合病院脳外科の岸谷です」

「脳外科の先生ですか。これはありがたい」

患者は六十代の男性だった。

「数日前から頭が痛いと言っていたそうですが、今朝《けさ》、起きてこないので家族が見に行くと、意識を失って倒れていたそうです」

点滴を繋がれた患者がベッドに横たわっている。

「頭痛と意識障害……バイタルは」

「正常です」

加賀美はカルテに転記するメモを書き始めていた。診察は岸谷に譲るつもりらしい。岸谷はすぐに診察にかかった。

「……頭痛の他に、何かエピソードはありますか。なんでもいい」

「カルテをお持ちしましょう」

堺はカーディガンを羽織ったナースに言いつけて、カルテを持ってこさせた。

「ここは週替わりの四人で担当しています。全員が県立からの派遣です」

岸谷はカルテをチェックし始めた。

「……一ヶ月前に頭を打っていますね……」

「そうですか」

ナースがああと頷いた。

「そうそう。自転車でよろけて、ブロック塀で打ったって言ってました。傷ができたんで消毒はしましたけど、頭を打ったっていっても大したことないって……」

「二週間前の血液検査……WBCが高いですね……」

「風邪《かぜ》をひいたって言ってきたんです。熱もなかったし、薬だけ出したんですけど……そういえば、ずいぶんいらいらしていました。もともと穏やかな人なのに、ついてきた奥さんに当たり散らしたりして……」

「加賀美」

カルテを置いて、岸谷は加賀見に振り返った。

「すぐに収容して、病院に戻る。緊急手術が必要だ」

「了解。先生、すぐにランデブーポイントに運べますか？」

加賀美はペンをしまって、頷いた。

「はい。消防団がバンを用意してくれていますので……」

「堺先生、エピソードと現在の症状から、慢性硬膜下血腫《こうまくかけっしゅ》が疑われます。それと……これは詳しく検査してみないとわかりませんが、その原疾患として、白血病の可能性があります」

岸谷は堺医師に言った。

「これから、葛城総合病院に運んで、緊急手術を行います。加賀美、病院に連絡して、CTと手術の準備をさせてくれ」

「了解。では堺先生、失礼します。患者の家族に説明願えますか？」

「わかりました。家族もできるだけ早く向かえるように手配してもらいます」

「手術の同意が必要なので……」

「連絡先は……カルテに……あ、これですね」

電話番号をメモして、加賀美は頷いた。

「こちらから同意の電話があるまでは、ご家族の一人は必ず家にいてもらってください。サインは間に合わないと思いますので、電話で同意をとります」

「わかりました」

話し合ううちにバンが用意され、患者は担架で車に乗せられた。

「それでは失礼します。経過は後ほど」

「ありがとうございました」

堺医師はほっとしたように頭を下げた。

患者を車に乗せる間に、岸谷はランデブーポイントに走っていった。加賀美は車に同乗する。

「ヘリなんて……初めて見ましたよ」

若い消防団員が運転しながら言う。

「病人を本土に連れていくのは、船だと思っていましたから」

「それでは間に合わないこともありますからね」

患者の様子を見ながら、慶人は穏やかに言った。

「そのためにヘリがいるんですよ」


患者を収容したドクターヘリは、すぐに病院に戻った。屋上に待っていたストレッチャーに患者を移し、すぐにCT室に入る。

「……間違いないな」

次々に出てくる画像を確認しながら、岸谷が言った。脳を圧迫する形で、三日月型の血腫が見える。すでに脳梁《のうりょう》が大きく左に変移している。

「手術の準備はできてるって」

加賀美がPHSの会話を切って言った。

「岸谷、執刀でいいよねって、三浦先生が」

「はいよ」

岸谷がPHSを取り出した。

「岸谷です。患者、手術室に上げるから迎えに来て。それとＩＣＵ一床空けておいて」

そして、羽織っていた白衣を脱いで、手に持つ。

「じゃ、行ってくる」

「後で見に行っていい？」

「緊張するな」

笑いながら、岸谷はセンターのＣＴ室を出ていった。


葛城総合病院の手術部は南北ある病棟のうち、北病棟の五階にある。救命救急センターからは外来棟を越えていかなければならない。

「ちょっと見てきていいですか？」

野木に了解を取ると、慶人はいつものケーシーの上にカーディガンを羽織った姿で、センターを出た。外来棟の二階の渡り廊下から北病棟に出て、五階を目指す。

「……失礼します」

手術室の上には、見学室がついている。扇形に配置されている手術室の上にカメラがついていて、見学室でそれをモニターできる。

「加賀美先生、岸谷かな?」

脳神経外科の三浦医長が振り返った。

「はい」

「ちょうど血腫を吸引するところだよ。どうぞ」

モニターの前から少し椅子を引いて、場所を譲ってくれる。慶人も椅子を引っ張ってきて、モニターの前に座った。

患者は手術台の上にいた。グリーンの布をかけられ、その姿は全く見えない。布に開いた穴から、きれいに剃毛《ていもう》された患部だけが見えている。驚くほど小さく切開が加えられていて、そこにチューブを差し込み、岸谷が血腫を吸引しようとしていた。

「……早いですね」

岸谷がCT室を後にしてから、それほど長い時間は経っていないのに、すでに患者は手術の半ばほどまで来ていた。加賀美も何度かこうした手術は見ているが、岸谷の手技には迷いが全くなく、動きも早い。

「手早いよ。急いでいる感じは全然ないのに早い。いい腕を持っているよ」

三浦が満足そうに言った。

「いいのが来てくれたよ。最近、外科系はどこも人手不足だから」

素早く吸引を終え、岸谷は洗浄にかかっていた。脳の表面の血腫を洗い流し、あとはそのままチューブを残して、術後の血液や洗浄液を排出させる。

「加賀美先生、岸谷を無理やりヘリに乗っけたんだって？」

三浦が笑いながら言った。慶人は首をすくめる。

「無理やり……だったかもしれません。彼がフライトドクターの研修を受けているのは知っていたので」

「岸谷には向いているかもしれないな。アクティブな奴だし、手術室だけに閉じ込めておくのは、ちょっともったいない」

椅子の背に寄りかかって、三浦が言う。

「せっかく臨床に出てきたんだから、できるだけたくさんの経験を積んでもらいたいよ。あれだけの逸材が縁あってうちに来たんだから」

「三浦先生」

慶人は下のモニターを見ながら言った。すでに手術は終了に近い。

「岸谷は……どういう経緯でうちに来たんですか？」

「あ？　いや、私もよくは知らないよ」

三浦があっさりと答える。

「ただ、うちに脳外の空きはないかって言ってきてくれたから、あると言っただけだ。あっちからのご指名だったから、特に聞きはしなかった。医師歴や論文もしっかりしてたし」

「……そうですか」

「何？　何か気になるの？」

「いえ……」

手術は無事終わったようだった。モニターに視線を移すと、ちょうど見上げてきた岸谷と目が合った。向こうにこちらは見えていないはずだが、彼はにっと笑い、右手の親指を立ててみせた。隣で、三浦が笑っている。

「元気な奴だ。やっぱり、少しフライトさせて、あり余ってる元気を発散させた方がいいようだな」

「いつでも、センターはお待ちしていますよ」

岸谷の笑顔に笑みを誘われながら、慶人は立ち上がった。

「失礼します、三浦先生。僕もそろそろ戻らないと」

「はい、お疲れ。加賀美先生、あんまり無理しないでよ」

「はい？」

椅子の背にかけていたカーディガンを羽織りながら、慶人は振り返った。三浦がちょいちょいとほっぺたを指している。

「顔、白すぎ。岸谷貸してあげるから、少し休んで、外に出たら？」

「……ですね」

軽く会釈して、見学室を出ながら、慶人は自分の頬が微笑んでいるのを感じていた。

「……変なの……」

今まで、本当に笑ったことがあったかとふと考える。そして、自分の微笑みは決して自然なものではなかったと感じる。

ここは笑うべきところだからとか、笑った方が自然に見えるからとか、笑った方がうまくいくから……そんなことを考えて、いつも笑顔を作ってきた。しかし、今は違っていた。気がつくと、微笑んでいた。岸谷の全開の笑顔を見ただけで、勝手に頬が緩んでしまった。同時に、少し鼓動も速くなり、耳たぶが熱くなった。

「……変なの……」

もう一度つぶやいて、慶人はセンターに戻るために、エレベーターに乗った。

ACT 4

センター裏の桜が満開になった。

「すごいな……」

たった一本の木なのに、真下に立って見上げても、空が全く見えない。それほど花は重なり、絢爛《けんらん》と咲き誇る。

「ここにあるのがもったいないくらいだ……」

カフェから出て、木の真下に立ち、上を見上げて、岸谷が言った。

「ここにあるからいいんだと思うけど」

いつものカフェラテに、今日はセンターのナースが分けてくれたバナナケーキがついている。岸谷にも一切れ渡して、慶人は同じ空を見上げた。

「なんだか、桜を独り占めしてるみたいで贅沢《ぜいたく》じゃない？」

「まぁ……そうだけど」

バナナケーキにかぶりつく岸谷を見て、慶人はくすりと笑った。

「ケーキ、僕のも食べる？」

「それ以上、おまえが細っこくなったら困るから、おまえは自分の分、ちゃんと食べろ」

「細くなんかないよ。あんまり運動しないで食べるから、逆に学生時代よりもゆるんだんじゃないかな」

素朴なケーキはおいしかった。最後の一かけまできれいに食べると、手にしたカフェラテを飲む。

「岸谷は、学生時代から全然変わらないよね。ジムとか行ってる？」

「そんな暇あるかよ。第一、ジムがどこにあるかもわからないし」

そういえば、岸谷はこの街の出身ではない。確か、東北の方の出だと言っていた。

「ジムなら、院内にあるよ。南病棟の六階。知ってるでしょ？」

彼がここに来たのは、三月の初め。年度替わりでもなんでもない時期だった。何かの理由で、彼は急いでここに来たのだ。年度替わりを待てないほどに。生活基盤など整えている暇もなかったはずだ。彼は何も知らず、まさに身ひとつでここに来たのだ。慶人はさりげない調子で言った。

「小さな街だもん、ジムなんてないよ。プールくらいはあるけどね。ジムなら、院内のを使った方がいい。外来が終わった夜間なら、トレーナーはつかないけど、器具は使える」

「え、そうなのか？」

岸谷が嬉《うれ》しそうな顔になる。彼は学生時代、テニスやらヨットやらやっていたはずだ。身体《からだ》を動かすのは大好きなのだろう。

「うん。僕もたまに行ってる。お金もかからないし、手軽でいいよ」

「金も何も……おまえ、貯まって仕方ないだろ」

「……」

ここの待遇はいい。金銭的には全く文句のつけようがない。その上、慶人はその収入をほとんど使わない。貯まって困るものではないのが、ありがたいところではある。

「だから、たまには使え」

岸谷がにっと笑った。

「晩飯、食いに行こうぜ」

「え、でも……」

ちらりとセンターを見ると、岸谷がふっと眉《まゆ》を上げた。

「おまえ、今日当番じゃないだろ？　当直も何もないだろ？」

どうやら、勤務表を見られたらしい。慶人は軽くため息をついた。

「目が早いね」

「おまえ捜しにセンター行ったら、机の上に勤務表があった。おまえ、今日何もないじゃん」

「でも、僕はセンターにいることになってるからね。ナースたちも当てにしてるし……」

「だから、それがおかしいっての」

岸谷はあっさりと言う。

「いくら救命救急の専門医でも、そこまで骨身削らなくてもいいんじゃないのか？　たまには息抜きして、ちょっと遊ぶくらいでないと、この先保《も》たないぜ？」

慶人は少し驚いていた。

この先。そんなことは考えたことがなかった。慶人は良くも悪くも、つねに目の前だけを見ている。遠くを見たことはほとんどない。遠い過去を見て、つらい思いをしたことがあるからだ。慶人の目は、せいぜい一ヶ月くらい先のことしか見ていない。

「この先……」

「おまえ、ずっと救命救急やっていきたいんだろ？　それなら、少しは自分をいたわることも覚えろよ。酷使してばかりじゃ、肝心な時にガス欠になるぞ」

風が微《かす》かな桜の香りを届けてくれる。それはほっと心和む香りだった。堅く閉ざされていた心を優しくノックするような甘く柔らかな香りだった。

「そう……だね」

慶人は小さくつぶやいた。

「確かに……このままじゃ、長くは続けられないかもしれないね」

このままでいたら。

「長く続けたいんだろ？」

岸谷が優しく言った。

「ずっと……やっていきたいんだろ？」

慶人はこくりと頷《うなず》いた。今まで将来のことなど考えたことがなかった。ただ目の前のことだけを考えていた。しかし、今初めて事実を突きつけられてわかった。自分は間違いなく、救命救急という仕事にやりがいを感じ、愛しているのだ。この仕事以外は考えられないほどに。

「岸谷は……魔法の言葉を持っているみたいだな」

「え？」

慶人はうっすらと微笑《ほほえ》む。だんだんと苦痛ではなくなった微笑み。顔の筋肉をどう動かせばいいのか考えるまもなく、浮かべることができるようになった微笑み。

「岸谷の声を聞いていると、なんだか魔法にかかったみたいだ。すごく、自分を好きになれる魔法に」

「何言ってんだか」

岸谷は照れたように笑い、コーヒーを飲み干した。

「馬鹿なこと言ってる暇があったら、とっととセンターに戻って、今日の仕事終わらせてこいよ」

「そうだね」

頷くと、慶人は足早にセンターに戻っていった

慶人がセンターに戻ると、中は救急車が二台同時に入り、雑多な状態になっていた。

「お、いいところに来たな」

野木がにんまりとして言った。

「何がいいんですか」

ナースが渡してくれたステートをかけながら、慶人は尋ねる。そっち頼んだよと言って、野木はくるりと背を向け、外傷の患者に向かった。

「加賀美先生は忙しいのを察知するのがうまいってこと。救命救急医の鑑《かがみ》だね」

「たまたま戻ってきただけです。僕、勤務時間帯じゃないですよ」

「それでも、働いてくれるじゃない。あーあ、こりゃ整形にコンサルトだなぁ」

野木が診察に集中し始めたのを見て、慶人もステートを患者の腹部に当てた。

「先生、急な腹痛です」

ナースが救急隊からの申し送りを伝える。

「本日、午後より腹痛あり。午後五時、自制不可にて救急要請」

ステートの耳に聞こえるのは、普通の腹部から聞こえるグル音ではなく、金属を叩《たた》くような独特の音だ。

「イレウス（腸閉塞《ちょうへいそく》）疑い。腹部レントゲン、立位と臥位《がい》。立位が不可なら、側臥位で」

「はい」

〝ご飯はちょっとお預けかな〟

やっぱりまだ仕事が優先になってしまう。長い間ずっとそういう生活をしてきたのだから、簡単に変えられるはずもない。それでも、慶人は少しずつ変わろうとしている。患者がストレッチャーでレントゲン室に運ばれていくのを見ながら、ＰＨＳをポケットから取り出す。

「……ごめん、岸谷。少し待っててくれる？」

結局、せっかくの食事は居酒屋の片隅となってしまった。

「……ごめんね」

謝る慶人に、岸谷は「なんで？」と笑う。

「俺はビールが飲みたい気分。加賀美に待たされてる間、ジムで一汗かいてきたから」

冷たいジョッキを気持ちよく空けて、岸谷は幸せそうに笑った。

「あのジム、いいな。ほんとにただでいいのか？」

「もともとリハビリの一環で作ったものだからね。今は糖尿病内科とかでも使ってる。あそこ、普段は専門のトレーナーがいるんだよ」

「ああ、そんなこと言ってたな」

慶人はハイボールを頼んだ。酒を飲むのは久しぶりだ。もしかしたら、何年ぶりかということになってしまうかもしれない。久しぶりのアルコールは、きゅっと喉《のど》にしみる。

「……おいしい」

イレウスの患者を消化器に預け、さて帰ろうとしたら、今度は外傷のナートだ、過換気症だと振り回され、センターを出たのは八時を回った頃だった。食事をしてもよかったのだが、二人とも喉が渇いていたので、地元で魚がうまいという居酒屋に来た。

「あれ、加賀美飲めるんだっけ」

「全く飲めないわけじゃないよ。たしなむ程度かな」

「学生時代、一緒に飲んだこともなかったもんな」

「……そうだね」

学生時代というよりも、今でも、慶人は岸谷と並んで座っていることが信じられない。あの夏の五分間以外、彼とは全く話したことがなかったのだ。慶人にとって、岸谷は声をかけることもできない憧《あこが》れの存在だった。その彼とこうして並んで食事をし、酒を酌み交わしている。

「俺、一度誘おうとしたことあるんだぜ？」

「え？　そうなの？」

「そうそう。二年の終わりの頃だったかな、おまえ、雑誌のモデルやってただろ？」

「あれは……そういうのじゃなくて……」

学生の頃、何度かファッション誌に載ったことがある。バイト先のファミレスで声をかけられ、女性モデルの相手役として、ちょっと雑誌に顔を出したことがあるのだ。楽なわりに、ペイはよかったバイトのひとつである。

「あれ見た女子がさ、おまえと飲みたいって言って、俺が幹事だったから、誘おうとした」

「でも、誘われてないよ？」

別に仲間はずれにされていたわけではない。ただ単純に、慶人は忙しすぎたのだ。母に負担をかけずに私立医大生の生活をするのは、なかなか大変だったのである。

「おまえ、素早くてなぁ。ネズミかウサギ並み。講義終わった瞬間にいないんだもん。結局、飲み会までにつかまえられなくて、あきらめた」

岸谷が笑いながら言った。

「おまえ、あの頃から全力で生きてたよな」

「え……？」

「俺たちみたいにきょろきょろしてない。前だけ見て、真っ直《す》ぐに走ってた」

「そんなこと……ないよ」

慶人はハイボールを一口飲む。

「ただ、余裕がなかっただけだよ、僕には。いろいろな意味でね」

「ああ、そうだ」

岸谷が頷く。

「その余裕だよ」

　岸谷はすでに二杯目のビールを頼んでいる。

「俺たちには、たぶんいろいろな意味で余裕がありすぎたんだよ。嫌な言い方をすれば、金でも頭でも。だからきっと、いろいろなことに全力で臨むおまえに対して、きっと後ろめたかったんだと思う。おまえになんとなく声がかけられなかったのは、たぶんそんなことが理由だ」

　岸谷の言葉はひどく正直だった。

「まぁ、これは俺だけかもしれないけどな」

「……わかるよ」

　慶人は少し笑った。

「正直、大学に入った時、場違い感はあったもの」

　慶人が北都医大を選んだのは、そこの奨学金に通ったからだ。他にもいくつか特待生として合格していた大学はあったが、北都が一番条件がよかったのである。それも、今からすれば、父が手を回していたのかもしれないと思うと、内心じくじたるものはある。しかし、慶人はすでに大学を卒業し、医師になってしまった。今からできることといえば、せめて父と同じ道を歩まず、母に自分にかかった以上の仕送りをすることくらいだ。

「でもね、これだけはわかっておいてほしいんだけど、僕は北都を出たことを後悔はしていないよ」

久しぶりのアルコールは、やはり慶人を少し饒舌《じょうぜつ》にさせているようだ。

「あそこで学んだことは多いし、今もそれは僕を支えてくれていると思う。いろいろあって、もう戻ることはないと思うけど、やっぱり北都を出てよかったと思ってる」

「俺にも会えたしな」

焼き魚を箸《はし》でばらしながら、岸谷が言った。

「だね」

慶人は少し熱くなった頬《ほお》に手のひらを当てて、頬杖をついた。

「初めて来たけど、ここおいしいね」

「だろ？　ジムで一緒になった技師に教えてもらった」

「ここに五年もいるのに、僕、何してたんだろ……」

「仕事してたんだろ」

岸谷がさらりと言う。

「なぁ、これからはたまには飲みにも行こうぜ。遊びにも行こう」

慶人のグラスが空になったのに気づいて、おかわりを頼んでくれながら、岸谷が言った。

「なんて、野木先生に怒られるかな」

慶人はぷっと吹き出した。感情の抑制がとれて、なんだかとてもいい気分だ。

「かもね」

二杯目のハイボールは、なんだか少し甘い気がした。


「おはようございます」

慶人は少し痛むこめかみを軽く押さえながら、センター内のミーティングルームに顔を出した。

「おそよう」

野木が目を落としていた書類から顔を上げて言った。

「めずらしいじゃない。二日酔いか？」

「そうみたいです」

慶人は苦笑した　それほど量を飲んだつもりはなかったのだが、やはり飲みなれないアルコールで思った以上に酔っていたらしい。記憶はしっかりしていたが、身体がしっかりしていない。今朝《けさ》起きたら、頭が重く、食欲がなかった。立派な二日酔いである。

「加賀美先生と飲めた幸せ者は誰《だれ》だろうな。俺だって、つきあってもらったことないのに」

「……からかわないでください」

救命救急センター、朝のミーティングである。簡単に申し送りや連絡事項が知らされるだけのものだ。慶人は後ろのドアからこっそりと入っていったのだが、野木にしっかり見つかってしまった。遅刻だったのである。

「で？　誰と飲んだの」

「岸谷です。脳外の」

「え」

一瞬、野木の目がすっと細められた。

「岸谷先生……あの男前？」

「男前かどうかはわかりませんが」

慶人は微笑んだ。

「同級生なので、話も合います。といっても、学生の頃はろくに話したこともなかったんですが」

「ミーティングを終わります」

ちょうどミーティングが終わった。野木は立ち上がり、目顔で慶人を促す。

「野木先生？」

「加賀美先生、ちょっと……」

「はい？」

朝なので、昨夜《ゆうべ》から続けて診《み》ている患者の他には、まだ外来もない。慶人は野木の後について、医局に入った。野木の部屋は慶人のそれよりもかなり広い。シンプルではあるが、応接セットが置けるほどだ。

「座って。まだコーヒーも飲んでないだろ？」

野木はコーヒーが好きだ。仕事中はカフェに行くが、朝は自室のコーヒーメーカーでいれている。部屋に入ったとたんに、いい香りがした。

「ミルクはないけど」

「先生の部屋のコーヒーなら、ブラックで大丈夫ですよ」

慶人は微笑んだ。

「じゃ、どうぞ」

薬品メーカーの名前が入ったカップでコーヒーが差し出された。いい香りはモカだ。苦みはなく、香ばしい後味がおいしい。

「……遅刻してしまって申し訳ありません」

「別に怒るつもりはないよ」

野木は自分もコーヒーを注ぎながら笑った。

「今までの働き方がおかしかったわけでね。君も少しは人間らしくなったらしい」

「遅刻はだめです。二日酔いも」

コーヒーを飲みながら、慶人はふうっとため息をつく。

「申し訳ありません」

「加賀美先生、彼……岸谷先生とは仲がいいのかい？」

「はい？」

慶人は目を見開いた。

「岸谷と……ですか？」

窓が少し開いていた。桜の香りがする。岸谷と二人で感じた桜の香り。

「学生時代には……話したこともありませんでした。親しくなったのは、彼がここに来てからです。ここには……僕しか知っている顔はいませんから。話しやすいんだと思います」

「加賀美先生、これは……上司としてではなく、君の……友人として聞いてほしいんだが」

野木がブラインドをそっと傾けた。光が遮られ、室内がふっと薄暗くなる。

「岸谷先生とは……あまり親しくしない方がいいと思う」

「え……？」

「岸谷先生も、ここに慣れてくれれば、新しい友人ができるだろう。君は……あまり関《かか》わらない方がいいと思う」

「野木先生……」

慶人はびっくりしたように野木を見た。彼は良くも悪くもクレバーだ。わけもなく、他人を誹謗《ひぼう》中傷することはない。

「先生、どういうことですか？」

「別に、彼を避けろと言っているわけじゃない。ただ……あまり一対一で関わらない方がいいというだけだよ。仕事の上では、普通に接すればいい。ただ……飲みに行ったり、食事に行ったりのプライベートなつきあいはしない方がいいということだ」

「先生」

慶人はカップを置いた。

「岸谷は悪い奴ではありません。医者としても優秀ですし、人間としても……」

「昨日、カテ屋の水木《みずき》くんが来てね」

野木は引き出しから灰皿を取り出し、窓を大きく開けてから、たばこに火をつけた。

「彼は北都医大に出入りしている」

「カテーテル……」

カテーテルと脳神経外科は切っても切れない関係だ。

「……彼は、岸谷先生がなぜここに来たのか、断片的に知っていたよ」

野木は慶人の方を見ないようにして、ぼそりと言った。

「北都医大でも、岸谷先生の名前はNGワードらしくて、あまりはっきりしたことは聞けないようだったが、岸谷先生が二度と北都医大の敷居をまたげないことだけは確かなようだ」

「え……」

「北都医大の脳神経外科、あそこの榎波《えなみ》教授は潔癖なことで有名でね、どんな不正も許さない。まぁ……大学教授としては希有《けう》なタイプだね」

「野木先生……」

「岸谷先生は、榎波教授の逆鱗《げきりん》に触れて、北都医大を追われた。大学傘下の病院に行くこともできなくなって、ここに来た」

「でも、だからといって……」

「加賀美先生」

野木は少し苦しそうに言った。

「私は君がなぜここに来たのか……来ざるを得なかったのか、それを知っている。知った上で……君を受け入れた」

「野木先生」

慶人の顔が青ざめていく。

「それは……」

「君のせいじゃない。それはわかってる。だから、私は君にこれ以上嫌な思いをしてほしくない」

視線をそらして、野木は言った。

「君に責任のないことで、君が傷つくのを見たくない。君は……もう十分に傷ついただろう？　仕事に逃げることしかないくらい、君は傷ついただろう？」

「先生」

慶人は白っぽく乾いた唇をそっとなめた。小さく息をつき、目を閉じる。

僕は仕事に逃げていたのか？　誰も知る人のいないここで、仕事に逃げていたのか？

そして、首を横に振る。

逃げてなどいない。ただ……ただ、仕事に必死になっていただけだ。それほどに、救命救急の場は過酷で、走り続けなければ倒れてしまうようなところだった。

「岸谷のことは……僕に任せてください」

「加賀美先生……」

「僕は……たぶん、先生よりも岸谷のことを知っています。岸谷は……真っ直ぐで、ちゃんとした人間です。加賀美先生。学生時代から」

「でもね、加賀美先生。人は変わるよ」

「変わっていません」

慶人はふっと表情を緩めた。

「岸谷は……変わっていません」

彼は変わっていない。あの屈託のなさも、優しさも。だから、僕は彼を信じる。誰が何を言おうと、彼を信じる。

「彼に何があったのかは知りません。知りたいとも思いません。僕の目の前にいるのが、今の彼です。先生が僕のことを考えて言ってくださるのはわかっていますが……僕のことは僕が決めます」

慶人はゆっくりと立ち上がった。

「お話がそれだけでしたら、失礼します。仕事もありますので」

「加賀美先生」

野木が振り返った。いつものつかみどころのない表情ではなく、彼はひどく傷ついたような、切なげな顔をしていた。それは、慶人が見たことのない野木の顔だった。

「……余計なことを言ってすまなかった。気を悪くしないでほしい」

「そんなことはありません。先生にはとても感謝しています」

慶人はほんのりと微笑んだ。

「僕のバックグラウンドを知っていながら、今まで黙っていてくださった。それだけで、僕には十分です」

静かに頭を下げて、部屋を出る。自分の部屋に入りながら、慶人はため息をついた。

「……岸谷」

しかし、彼には何も言えない。自分があの事件で傷ついたように、彼もきっと傷ついている。だから、僕は変わらない。

「君が変わらないように……僕も変わらない」

そっとつぶやいて、慶人はドアを閉めた。

ACT　5

コンコンとドアがノックされて、慶人は振り返った。

「はい」

「俺だよ」

ドアが開く。岸谷が顔を出していた。

「今、暇？」

「暇になったから、ここにいる」

今日は朝から忙しかった。救命救急は内容的に日勤帯より夜間帯が忙しくなりがちなのだが、今日は朝から救急車がひっきりなしに入り、ずっとばたばたし続けていた。重症はほとんどなく、各科にコンサルトしたり、簡単な処置だけで帰宅させたりと、頭を悩ますようなことはなかったのがありがたい。

「やっと一段落ついたとこ。そっちにも送ったでしょ」

「ああ、軽度のＳＡＨな。俺が診た。入院させて、手術に持っていくことになると思う」

「発症が二日前っていうのが驚きだけどね」

コーヒーはないよと言うと、持ってきたとインスタントコーヒーの瓶を見せた。お湯は電気ポットで沸かすことができるので、あとはカップがあればいい。戸棚をごそごそすると、以前に出入りの業者からもらった箱入りのカップが二つ出てきた。ざっと水で洗い、ポットのスイッチを入れる。

「軽度だとありだよ。俺も何度か診たことある。場合によっちゃ、もっと時間経ってることもある。俺の経験だと三週間てのが最長だな」

「三週間？　すごいな、それ」

「ＳＡＨくらい、人の運を感じる疾患はない気がするよ。破裂するところによっちゃ、即死もするし、軽度で自分でも気づかないこともある」

インスタントでも、最近のコーヒーはそれなりにいい香りがする。あっという間に沸いたお湯をカップに注ぐと、ふわっと香ばしい香りがした。

「どこから持ってきたの？」

「外科の医局。お歳暮やら異動の手土産《てみやげ》やらでどっさりもらったのを、ご自由にお持ちください形式で置いてあったから、一本もらってきた」

岸谷はコーヒーの他に、袋に入ったクッキーやら焼き菓子やらも抱えていた。

「これは？」

「マドレーヌは病棟でもらった。クッキーは売店で買ってきた。ここの売店、手作りお菓子があるんだな」

岸谷が言っているのは、外来棟にある売店のことだ。近くの障害者施設と契約して、そこで作っている焼き菓子をいれているのだ。小分けになっていて、ちょっとしたお見舞いに使えるし、小腹を満たすにもいいので、よく売れているらしい。慶人はここに来て五年が経つが、食べてみるのは初めてだ。

「へぇ……結構おいしい……」

クッキーは粉砂糖がまぶしてあって、口に入れるとほろりと崩れた。柔らかい生地で作ってあるらしく、まるで溶けるようだ。

「甘すぎないのがいいな」

ベッド兼用のソファに座って、慶人が渡してくれたカップを受け取りながら、岸谷が言った。

「ここ、設備が整ってるな。北都も新しい病院だったからいろいろあったけど、ここほど身になる感じじゃなかったたな」

「身になる？」

「使えるってこと」

コーヒーを一口飲み、ふうっとため息をついて、岸谷はソファに寄りかかる。

「ここ、いいな……」

「どうしたの？　しみじみと」

慶人はくるりと椅子《いす》を回し、くすりと笑った。

「ここがいいところだってことは、十分にわかってるつもりだよ」

「そうか？」

岸谷がひょいと身体を起こした。

「おまえ、ここからほとんど出てないって聞いたぜ？　院内のことなんて、いまや、俺の方が詳しいかも」

「かもね」

岸谷はコミュニケーション能力に秀でている。誰とでもすぐに友達になって、相手の心を開かせてしまう。慶人もたった五分間で心をとらわれてしまった。

〝君は……魔法使いだよ〟

コーヒーを飲みながら、慶人は窓の外を見た。桜は散り始めていた。ふわふわと風に舞い散る花びらがきれいだ。

〝こんなにじっくりと花を見たことなんて、あったかな……〟

桜はずっとそこにあって、春には咲くものと思っていたが、いつも気がつくと咲いていて、気がつくと散っているものだった。こんなふうに、花びらが風に舞うところなど、見たことがあっただろうか。

「こっちは……桜が少し遅いんだな」

岸谷がつぶやいた。

「外来の桜も散り始めた。でもきっと……北都の桜はもう葉桜になってる」

北都医大にも桜があった。中庭に大きな木があって、慶人は経験がなかったが、よく学生たちがその下で昼ご飯を食べたり、花見をしていたものだ。慶人は軽く頷いた。

「……そうだね」

慶人は北都医大の頃のことを、実はあまりよく覚えていない。ずっと勉強ばかりしていたこともあるし、最後の最後に起こったことがショックすぎて、それまでの記憶がきれいに飛んでしまったのだ。それほど、あの事件はおとなしい慶人にとって、衝撃的だった。自分のあずかり知らないことで、人格を否定され、罵《ののし》られ、暴力まで受ける。痛いのは傷ではなく、心だった。

〝君も……そんな思いをしてきたのかな……〟

コーヒーを飲み、たまにクッキーや焼き菓子を頬ばり、二人は静かに言葉を交わす。

「おまえ、病院借り上げのマンションに住んでるんだよな?」

「そうだよ。一応ね」

「まだちゃんと帰ってないのか」

「前より帰ってるよ」

岸谷が来てから、慶人は前よりも頻繁に帰宅するようになっていた。食事をした後は、半ば強制的に自宅の方に送られてしまうからだ。家で眠ることも多くなり、そのためにベッドも買い換えた。今までは学生時代から使っていた簡易ベッドだったが、さすがにハードな仕事に耐えるだけの体力を養う眠りにはほど遠く、岸谷についてきてもらってベッドを買い換えたのだ。おかげで、最近は家に帰るのが少し楽しみになった。

「岸谷が住んでるのは……」

「俺は単身者用に空きがなくってさ、ファミリー向け。3LDKもあるからもてあましてる。なんならおまえ、一緒に住むか?」

「な、何言って……」

その時、デスクの上に置いていたPHSが鳴り始めた。フライト用のPHSだ。

「はい、加賀美」

慶人はきゅっと表情を引き締めた。

『加賀美先生、葛城バイパス上で多重衝突事故です。傷病者が多いので、できたら二人のドクターでの対処をお願いしたいとのことです』

「ちょっと待って」

慶人は電話から顔を離した。

「岸谷、今暇？」

頷くより先に、岸谷は自分のＰＨＳを引っ張り出していた。

「……三浦先生、岸谷です。フライトの要請があったんですが、行っていいですか？」

慶人はじっと岸谷を見ている。きりっと凜々《りり》しい横顔がより引き締まり、涼しい一重の目がきゅっとつり上がって見える。

「……ありがとうございます」

岸谷が親指を立ててみせた。慶人は頷く。

「お待たせ。脳外の岸谷先生が同乗してくれる。エンジン回して」

『わかりました』

二人は立ち上がると、並ぶようにして、部屋を飛び出した。

「ランデブーポイントは、篠原《しのはら》工業ビル後ろのグラウンドです」

パイロットが言った。

「本来であれば、もう少し北側のショッピングモール上のヘリポートなんですが……急遽《きゅうきょ》、変更となりました」

「なんで?」

すっかりパイロットと仲良くなってしまった岸谷が尋ねる。慶人はフライトナースから渡された事故の詳細を確認している。

「事故が大きすぎるんです。情報だと、ヘリがあと二機、救急車は十台以上出動していま す。これだけの数をどうにかして、臨時の初療室を設けるには、もっと広い場所が必要なんで、急遽グラウンドに水を撒《ま》いてもらっています。ヘリだけでもここに降ろして、初療室はビル前の駐車場に設ける予定だそうです」

ローター音が高くなった。

「離陸します」

ヘリがふわりと舞い上がった。

「関係車両は十台以上。バスやトラックも含まれての多重衝突だから、傷病者は二十人を超えそうだね」

メモをめくりながら、慶人が言った。

「トラックの下に乗用車が潜り込んでいるらしい。レスキューも出ている」

「……死者が出ているかもしれないな……」

「そうでないことを祈りたいね」

「事故現場上空です」

パイロットの声に、二人は身を乗り出した。

「うわ……」

「これはひどいな……」

バイパス上に、車のスクラップがずらりと並んでいた。対向車線も巻き込んでの大事故だ。上から見ていると、レスキューと救急車が二台到着していたが、あとの救急車は事故渋滞に巻き込まれて、なかなか近づけないようだった。交通規制も始まっていたが、流れ込んでいる車の数が多すぎて、なかなか現場から排除しきれない。

「……重傷者だけでも、なんとか連れ出せるといいんだが……」

岸谷がうめくように言った。上空から見ていると状況がよくわかる。ここから降りていけば、すぐに傷病者を診ることができるのに、降りていくことができない。ヘリが降りるには、着陸に人を巻き込まない場所が必要だ。簡単に降りていくわけにはいかないのである。それがわかっているだけに、もどかしさが募る。

「事故現場からランデブーポイントまではかなりあるね」

慶人が先を見ながら言った。広いグラウンドを見つけたのだ。ヘリならすぐの距離でも、あの渋滞しているバイパスから救急車で傷病者を連れ出すのは、かなり大変なはずだ。

「……大変だよ」

慶人がつぶやいた。

「岸谷、たぶん……戦争になるよ」


ランデブーポイントになったグラウンドにヘリを降ろすと、ものすごい砂埃《すなぼこり》が舞い上がった。水は撒いてあったのだが、時間が足りなかったのだろう。砂に水がしみこんでおらず、砂埃が舞い上がる。上空を見上げると、二機のヘリが近づいているのが見えた。

「どこのだ？」

「……隣のK県立医大病院のヘリですね。もう一機は……たぶんS市立病院のヘリだと思います。ここから近いですから」

フライトナースが上を見上げながら言った。

「傷病者はどこに運ばれますか？」

岸谷が砂埃を避《よ》けながら近づいてきた警察関係者に言った。

「このビルを回り込んだ前になります。ここでは砂埃がすごすぎるので、テントを前の駐車場に立ててもらっています」

そして、すっと敬礼した。

「葛城総合病院の先生ですね。ご協力、ありがとうございます」

「僕は救命救急の加賀美、彼は脳外の岸谷先生です。傷病者の数は把握できていますか？」

歩きながら、慶人が言った。

「いえまだ……今のところ、二十二名は把握していますが、まだ増えると思います。中にバスがありましたので……」

「救急車は近づけそうですか？」

「二台は現場入りして、もうじきこちらに向かって出発します。五台がなんとか現場に近づけそうだという報告が入っています」

「了解しました」

ビル前の駐車場には、テントが張られ、ブルーシートが敷かれていた。ここでトリアージを行い、順次救急車で各病院に運ばれていくことになる。重傷者は三台のヘリで、それぞれの病院に向かうことになるだろう。

ヘリのローター音が高くなり、二機のヘリが降りてきたことがわかった。救急車のサイレンも聞こえ始めている。

「……岸谷」

「ああ」

追いついてきたナースがてきぱきと準備を整える。

「任せたよ」

「ああ」

救急車が二台、前後して滑り込んできた。

トリアージとは、患者の重症度によって、治療に優先度を決定して、選別を行うことで、識別救急とも呼ばれている。一般的には、治療に関与しない医療従事者が行うものとされている。

ドクターヘリで来た医師が五名、近くの病院から派遣された医師が三名、計八名で、臨時の医療チームが作られた。傷病者は現在のところで三十名。次々に救急車でピストン移送されてくる。

「トリアージはK医大鳥越《とりごえ》先生にお願いします」

相談の結果、トリアージを行う医師が決まり、残り七名の医師が傷病者救助に当たった。トリアージで優先順位が高いとされた患者から診ていく。

「……呼吸は？　苦しくないですか？」

傷病者のそばに跪《ひざまず》き、慶人はステートを横たわった患者の胸に当てる。

「痛いところは？」

「足が……お腹も……痛い」

「右ですか？」

「はい……」

「大丈夫、すぐに病院に運びます。ゆっくり……息をして」

患者の肩に手を触れ、慶人は優しく落ち着いた声で言う。

「右大腿骨骨折《みぎだいたいこつ》、骨盤骨折の可能性あり。腹腔内損傷の可能性もあるので、必ず腹部CTを」

後ろについている救急隊員が頷き、すぐに受け入れ先を探す。

「出血が多いな。ナートする」

岸谷の声が後ろで聞こえた。

「セットと手袋を。介助はいらないよ。そっちやってて」

ナースを気遣う声もした。彼の声はよく響く。うるさい感じはせず、彼のしっかりした声で、傷病者たちが逆にほっとしているのがわかる。ここにいれば助けてもらえる。ここにいれば大丈夫だ。そんな声が聞こえそうだ。

「……先生」

女性の弱々しい声がした。

「私……大丈夫なの……？」

額から血が流れている。慶人はさっとガーゼを取ると出血を拭《ふ》き取り、傷を確認した。頭を打っているかもしれない。

「岸谷」

振り返りもせずに言う。

「どうした」

ナートしながら、岸谷が答える。

「十二番、頭部打撲の疑いあり。ナート終わったら診てくれる?」

「一番に」

すぐに答えが返ってきた。慶人は傷病者に向かった。

「脳外科医が同行していますので、今の処置が終わったら見に来ます。少し待っていてください」

「ありがとうございます……」

「加賀美先生っ!」

ナースの声がした。慶人はさっと顔を上げる。

「ここ。どうした?」

「患者さんの呼吸が……っ! 五番ですっ!」

慶人はぱっと身を翻した。ナースのそばに駆け寄る。ステートをつけて、あえぐような呼吸をしている傷病者の上に屈《かが》み込んだ。

「急に呼吸状態が悪くなって……」

慶人はステートの音に耳を澄ます。左右の呼吸音の差。胸壁運動の左右差。頸動脈《けいどうみゃく》の怒張。そして、青ざめていく顔。

「緊張性気胸だ……」

ステートをむしり取り、近くにあった救急キットの中から、18Gのサーフロー針を取り出した。

「胸出して」

「はいっ」

ナースが素早く傷病者の着衣を切り開く。指で肋間《ろっかん》を確認すると、さっと消毒した。針のキャップを外し、第二肋間をめがけて、穿刺《せんし》する。

「……っ」

びっくりするくらい大きな脱気音がした。陽圧になっていた胸腔内から空気が抜けたのだ。傷病者の呼吸がふっと楽になる。

「すぐ病院に運んで、持続吸引を」

「はいっ」

救急隊員が駆け寄り、傷病者を運び出す。

「よし、ナート終わりっ！　慶人、十二番だな」

岸谷の声がした。

「そう。終わったら、こっち来て」

「わかった。さてと、お待たせ」

岸谷が十二番と書かれたタグをつけている女性ににこりと笑いかけていた。

「脳外の岸谷です。傷から診ようかな」

「加賀美先生、こちらお願いしますっ」

「はい……っ」

次々に傷病者が運び込まれてくる。いつ終わるともしれない野戦病院のような状況の中で、二人はお互いの声を背中に聞きながら、診療を続けていた。


最後の救急車を見送ったのは、事故から四時間が過ぎた頃だった。

「お疲れ」

岸谷が慶人の肩をぽんと叩く。

「お疲れ、岸谷」

脳挫傷《のうざしょう》を疑われた傷病者を伴って、岸谷はいったんヘリで病院に戻っていた。傷病者を病院に託して、現場に戻り、また傷病者を乗せて、病院に戻る。より現場に慣れた慶人を残して、岸谷は三度ヘリで往復していた。

「大変だったね」

「そっちこそ。大丈夫か？」

他のヘリはすでに飛び立っていた。最後まで現場に残ったのが慶人だった。修羅場を終えたテントも撤収が始まっている。

「慣れてるよ……といっても、こんな大きな現場はそれほどないけどね。大変なところに引っ張り込んじゃったね」

いつもさらさらとしている慶人の髪が乱れている。それをふと岸谷が手を伸ばして、かき上げた。

「え……」

「あ、ああ……ごめん」

びっくりさせたと笑って、それでも岸谷の手は離れなかった。慶人の髪をさらさらとかき撫《な》でて、ぽんと軽く頭を叩く。

「髪が乱れて、色っぽいのはいいが、美人は台無しだな」

「……何言ってんの」

ぺちんと岸谷の手を軽く叩いて、慶人はビルを回り込み、ローターを回して待っているヘリに近づいた。

「今回は戻らなくてもよかったのに。金井《かない》くんは置いてきたんでしょ」

フライトナースの名を上げると、岸谷が目をぱちぱちさせた。

「何言ってんだよ。おまえ、どうやって帰るんだよ」

「タクシーかなんかで。電車でもいいし」

「その格好でか？」

「え？」

自分の様子を見下ろす。慶人のケーシーはズボンまで血が飛び散り、埃だらけだった。

「……確かに」

この姿で電車には乗れないし、タクシーにも乗車拒否されそうだ。先にヘリに行き着いた岸谷が中からカーディガンを取って、慶人に投げてくれた。

「サンキュ」

「風邪《かぜ》ひくなよ。日が落ちたら冷えてきた」

すでに日は西に傾いていた。事故が起きたのが午後一時半。今はすでに五時半を回っている。風が急に冷たくなり、半袖の薄いケーシーでは寒いと感じるほどだ。カーディガンを羽織って、慶人はヘリに近づいた。砂埃がもうもうと舞う中、先にヘリに乗っていた岸谷が手を差し出している。

「ありがとう」

その手を素直につかんで、慶人はヘリに乗った。

「ＯＫ、行って」

「了解、離陸します」

ドアが閉まるのを確認して、パイロットが操縦桿《そうじゅうかん》を引く。舞い上がったヘリから下を見ると、片付けをしていた消防隊員や警察官が手を振っていた。

「やっと……帰れるな」

座席に座り直し、ベルトをきちんと締めて、慶人はふうっと息を吐いた。

「うん……そうだね」

傷病者もなく、フライトナースも乗っていないヘリは妙に広い。二人は黙ったまま、下を見下ろす。事故のあったバイパスはまだ交通規制が続いていた。十台を超える事故車両の撤去に時間がかかっているようだ。

「……これが救命救急の世界か……」

岸谷がぽつりとつぶやいた。

「え？」

「いや……これがおまえの見てる景色なのかって思ったからさ」

「僕の見ている景色？」

日が沈んでいく。ヘリから見る夕日がみるみるうちに西に沈んでいく。空の真ん中はもう夜になりかけていた。藍《あい》色から薄紫色のグラデーションが美しい。気の早い星が輝き始めている。

「俺の見てきた景色と……ずいぶん違ってた。おまえは……すごいよ」

「そんなことないよ」

カーディガンをかき合わせて、慶人はうっすらと微笑んだ。疲れが酔いのようにふわふわと押し寄せてくる。このまま目を閉じたら眠れそうだ。

「いつもいつも……僕はまだまだだって思う。もちろん、一生懸命はやってきたけど、それだけじゃだめだ。まだ……足りない。もっと……強くなりたい」

「おまえは強いよ」

岸谷が手を伸ばして、慶人の手に軽く触れた。温かく、さらりと乾いた大きな手。

「あの……緊張性気胸の患者、いただろ？」

「あ、ああ……いたね。脱気だけして、病院に運んでもらったけど、大丈夫だったかな……」

呼吸は戻っていたし、ショックからも回復していた。あとは感染や合併症を起こさないことを祈るだけだ。

「刺したの見てたけど……ああ、これが救命救急なんだと思った。瞬時の判断と思い切りと。俺にできたかとずっと考えてた」

「できたよ」

慶人はすっと指を伸ばして、軽く岸谷の手を握る。冷たい指先に伝わる彼の体温。

「僕にできることが岸谷にできないはずがない。あの場にいたら、岸谷は迷うことなく、穿刺できたよ。そうでなければ、僕は君をここに連れてこない」

「……そうでありたいな」

言葉を濁して、岸谷は顔を上げた。

「病院が見えてきた　こうしてくると近いのにな」

ヘリは高度を下げて、着陸態勢に入っていた。ヘリのローター音が聞こえたらしく、ヘリポートには、野木が迎えに出ていた。

「お疲れさん」

ヘリから降りた慶人と岸谷を迎えて、野木が言った。

「悪かったね、岸谷先生　巻き込んじゃって」

「いえ、かえってありがたかったです。貴重な経験でした」

岸谷は丁寧に頭を下げると、先に屋上から下りていこうとした。その背中を慶人が呼び止める。

「岸谷、あの……っ」

岸谷が振り返る。

「どうした？」

「あの……よかったら、医局でコーヒー飲んでいかない？　喉渇いたでしょ？」

「加賀美先生、岸谷先生もお疲れだと……」

野木が言いかけたのに、岸谷はにこりとして首を横に振った。

「加賀美がいいなら、そうさせてもらおうかな。一人で飲むコーヒーは味気ないし」

「岸谷先生」

野木が少し苦しそうな顔をするのを、慶人は知らぬ振りをした。野木がどう思っていてもかまわない。慶人は岸谷を信じ、彼のそばにいることを選んだのだ。

「野木先生、お疲れ様でした。少し休んだら、外来に戻りますので」

「いや、今日は疲れただろう。夜勤は私が入るから、休んでもらっていいよ」

野木が白衣を翻した。このくらいは通させてくれという意思表示なのだろう。慶人はそっと頭を下げ、岸谷の背中を軽く押した。

「ほら、行こう　コーヒーが待ってるよ」

慶人の部屋に入るやいなや、岸谷は顔がぶっ壊れそうなあくびをした。慶人は思わず吹き出しそうになる。

「眠いの？」

「いや、眠いつもりはないんだけど、あくびが……」

「疲れてんだよ」

慶人は電気ポットのスイッチを入れた。

「コーヒーがはいるまで、そこで寝てていいよ。下のクッション手前に引っ張り出すとベッドになるから」

「いや、寝るなら医局で寝るよ。ここ、おまえが使うんだろ」

慶人はくすりと笑った。

「僕こそ、寝るなら、上の当直室に潜り込むよ。あっちの方が寝心地いいもん。かまわないから、寝ちゃっていいよ。コーヒーはいったら、叩き起こすから」

「そうか……？」

岸谷はのそのそと長身を折り曲げてソファのそばに屈み込み、下の部分に出ているひもを両手で引っ張った。クッションが出てきて、ソファはあっという間にベッドに変身する。岸谷には少し狭いだろうが、今の彼は糸の切れたマリオネット状態だ。野外での長時間の緊張状態は意外に体力を取られる。すとんとベッドに倒れ込むと、すぐに安らかな寝息を立て始めた。

「……子供みたい」

慶人は静かに一杯だけコーヒーをいれると、そっと部屋の中を歩いて、ロッカーの中から仮眠用に置いてあるブランケットを取り出した。静かに岸谷にかけてやり、自分は椅子に座る。

「……ありがとう、岸谷」

今日の現場は、救命救急をやってきた慶人にとっても、正直怖い現場だった。次々と運び込まれてくる重症の傷病者。死者も出ていて、事故現場は凄惨《せいさん》を極めたという。そんな中で、顔程度しか知らない医師やナースとチームを組んで仕事をするのは、大変なストレスだ。一歩間違えば、いつも一緒に仕事をしている医師やナースの存在すらもストレスになりかねない状況で、慶人がいつもどおりの自分を保っていられたのは、きっと岸谷がいてくれたからだ。彼のよく響く落ち着いた声を聞き、その的確な判断を耳にするたびに、慶人はほっとする自分を感じていた。岸谷は、まるでもう一人の自分のようだと思った。

自分がするであろう判断を彼は下してくれ、慶人がやりたいと思っていた処置を的確にしてくれる。何も言わなくても、彼はすべてわかってくれる。慶人の視線やちょっとした身体の動きからすべてを読み取ってくれる。いや、背中合わせでいても、彼はすべてをわかってくれる。何もかもを受け止めてくれる。

「君がいなかったら……きっと僕は……今頃倒れていたよ」

野木にも言えないことだった。大きな現場や重症の患者を診た後、慶人はよくここで倒れ込んでいた。意識を失って床に倒れ込んだことさえある。

慶人は自分が精神的に強くはないことを知っていた。もう五年以上も前になる事件を、いまだにトラウマとして抱え、人の大きな声や自分に向かって伸ばされる手におびえてしまう。大声におびえていては救命救急の現場では話にならないので、それは意志の力で強く抑え込む。その反動が一人になった時に一気に押し寄せてくる。

そんなことを野木に言えば、彼は慶人をこのポジションから外してしまうだろう。彼は慶人を大切に思ってくれている。

「野木先生は……僕がどんな人間か知っていたんだ……」

五年間、野木は慶人のバックグラウンドを知っていることを黙っていた。慶人は野木が何も知らないものと思って、ここで働いてきた。しかし、野木は何もかもを知った上で、慶人を受け入れ、見守っていてくれたのだ。

「先生……申し訳ありません……」

それだけに、彼の切なげな表情は胸にこたえた。彼がどれほど慶人を大事に見守ってきてくれたのかがわかっているだけに、その彼にあんな表情をさせてしまう自分が悲しく、申し訳ない。しかし、岸谷に関することだけは譲れなかった。

慶人にとって、岸谷は、まだ慶人が何も知らなかった時を思い出させてくれる存在だった。慶人がまだ慶人らしくいられた時。全力で走っていた時を思い出させてくれる存在だった。

「君を見た時……僕は、あの夏を思い出した……」

純粋に医師を目指し、走り始めたあの夏。きらきらと輝いた川面《かわも》ともくもくと立ち上がる入道雲、藍色に近いほど青の濃い高い空。耳を覆う蟬《せみ》の声。あの夏のたった五分間に、慶人の青春はすべて凝縮されていた。

「君が……なぜここに来たのかは知らない。知りたいとも思わない。僕にとって大切なのは……君がここにいてくれるという事実だけなんだ」

密《ひそ》やかにささやく。彼が目を覚ましていたとしても聞き取れないくらい微かな声で。

「どこにも……行かないで」

まるで祈るように、慶人はささやく。

「君がいてくれる時だけ、僕は僕でいられる。何も装わず……何も構えず、ただの加賀美慶人でいられる」

自分の過去に縛られることなく、医師の道の入り口に立った日を思い出すことができる。

慶人は静かに立ち上がると、ソファで眠る岸谷のそばに立った。そっと手を伸ばして、彼の髪に触れる。意外に柔らかい髪が指先に心地いい。

「さっき、君は慶人と呼んでくれたね……」

あの現場で、無意識なのだろう、岸谷は慶人をファーストネームで呼んだ。こっちに戻ってきてからは、いつものように『加賀美』と呼んでいたが、あの現場では当たり前のように『慶人』と呼んでいた。

「僕が……どれくらい嬉しかったか、わかる？」

彼に『慶人』と呼ばれた時、心臓が飛び出してしまうかと思った。現場であることを顧みずに、飛び上がってしまいそうになった。

「君の存在そのものが、僕を喜ばせてくれる……僕を幸せにしてくれる」

指先を伸ばし、そっと彼の唇に触れそうになって、はっとして慶人は指を引き、手を握りしめた。

「……だめだ……」

自分の気持ちは、もう友情を踏み越えようとしている。この手を伸ばしてしまったら、二人の淡い友情は壊れてしまう。彼は……きっとここから去ってしまう。

壊したくない。どんな形でもいい。この薄氷の上にある友情という名の儚《はかな》い絆《きずな》を。

どんなに苦しくてもいい。彼がここにいてくれるなら。彼と共にいられるなら。

そっと背を向け、慶人は震える指でカップを取って、苦いコーヒーを飲む。

まだ知られてはならない。この気持ちは。

彼の隣にいるためにも。知られてはならない。

ACT 6

春という季節は、なかなか近づいてきてくれないわりに、さっと通り過ぎていってしまうと思う。桜はあっという間に散ってしまい、葉桜の季節とともに初夏がやってきていた。

「もう半袖でいいな……」

医局に置いてある私服が長袖ばかりであることに気づいて、慶人はその半分ほどを紙袋に詰めると、衣替えのために自宅に戻った。慶人の自宅であるマンションは、病院から徒歩五分だ。長袖をしまい、半袖のTシャツやコットンセーターを引っ張り出して、また紙袋に詰めると、慶人は病院に戻るためにマンションを出た。

「夏の空みたい……」

今日はよく晴れている。空の青が濃くなって、春の淡い霞《かすみ》がかった空とは違う。緑の香りも濃くなって、陽射しも強い。よく晴れた日は晩春というより、やはり初夏だ。

今日は日曜日だ。日直もかかっていないのだが、自宅にいても暇なので、医局の整理がてら出勤した。外来も今日は暇で、日直者だけで足りているようだ。

「昼ご飯、買っていこうかな……」

マンションから病院までの間に、小さなアーケードがある。そこの中にあるお弁当屋に入ろうとした時だった。

「え……？」

お弁当屋の隣にある小さなカフェの中が見えた。そこは隠れ家的なこぢんまりとしたカフェで、ちょっと見はギャラリーのようだ。実際ギャラリーとして使われており、その片隅にカフェが併設されているのである。そのカフェのところに、見慣れた顔があった。

「岸谷……」

カフェスペースの小さな窓から切り取ったように見える横顔は、岸谷のものだった。のぞき見るつもりはなかったのだが、お弁当屋に入るついでに、少し視線の角度が変わったら、岸谷が向かい合っている相手が見えた。縁なしのめがねをかけた、慶人たちより十歳くらい上と思われる男性だった。

「誰だろ……」

エビフライとサラダのたっぷりついたお弁当を買い、外に出ると、カフェにはまだ岸谷の姿があった。見るともなく見ていると、岸谷が見たこともない表情をした。眉をきつく寄せ、唇をかみしめ、ひどく厳しい顔をしている。どちらかというときりりと凜々しい顔立ちをしているが、岸谷の普段は笑顔が多い。どんな時でもひょうひょうとしているイメージだ。その彼が、恐ろしく厳しい顔をしていた。

「岸谷……」

何を言っているかはわからない。しかし、どうやら、相手の男性と言い争っているようだ。やがて、彼はバンッとテーブルを激しく叩くと立ち上がった。

「あ……」

千円札を投げ出し、カフェを足早に出てくる。相手の男性が追ってくる。

「……っ」

立ち尽くしていた慶人とカフェを飛び出してきた岸谷の目が合った。

「おい、弘貴……」

岸谷を追って出てきた男性が岸谷のファーストネームを呼ぶのが聞こえた。

「慶人……」

岸谷がつぶやく。慶人はどうしていいのかわからず、その場に立ち尽くしていた。

「弘貴、話くらい……」

「あなたに話すことは何もないっ！」

激しく言い、少しの間慶人を見つめてから、岸谷は走り出した。

「岸谷……っ」

見たこともないほどこわばった表情で、彼はその場を走り去っていった。

はっと気づくと、いつの間にか、岸谷と話していた相手も消えていた。ただ一人残されて、慶人は呆然《ぼうぜん》と立ち尽くしていた。

〝何が……起こったの……？〟

岸谷がカフェでめがねをかけた男性と言い争っていた日。その翌日から、慶人は岸谷の姿を見なくなった。

「あ……岸谷先生は」

脳出血の患者を渡そうとＰＨＳで呼び出しても、手術中だというナースの答えが返ってきただけだった。

「……そう、忙しいんだ」

『いつもどおりだと思います。手術が終わったら、連絡してもらいましょうか？』

ナースの答えにいいよと返事をして、慶人は電話を切った。

いつもなら、一日に一度は、岸谷は慶人の医局に顔を出す。カフェで会うこともある。

カフェのコーヒーが気に入ったらしい彼は、よくこっちまで遠征してきていた。しかし、あの日からすでに三日、慶人は岸谷の姿を全く見ていなかった。

「……どうしたんだろう……」

お互いに医師だ。それぞれに仕事があることはわかっている。それでも、慶人と岸谷は毎日顔を合わせていた。岸谷が慶人に会いに来てくれていたからだ。

会いに行くことも考えた。慶人がセンターにいるように、岸谷は外来か病棟か、手術室にいるだろう。しかし、いつも会いに来てくれていた彼が来ない。自分から足を運ばなくなったことを考えると、簡単に会いに行くことはできなかった。

「岸谷は……僕に会いたくないのかな……」

彼が謎《なぞ》の男性と言い争っていたのは確かだ。何について言い争っていたのかはわからないが、いつもひょうひょうとしている岸谷が、見たこともないような険しい顔をしていた。

〝もしかしたら……〟

岸谷が大学を追われるようになったことに何か関係があるのだろうか。

そう思うと、慶人は簡単に口出しできなくなってしまう。自分もまた同じような傷を抱えているのだ。今でも、そのことには触れてほしくない。すでに五年も経っているのに、慶人にはまだ血を流し続けている生々しい傷に感じられてならない。血は乾き始めているけれど、少し触れるとまた傷は開いてしまう。そんな感じだ。

「触れない方が……いいのかな」

でも、彼に会いたかった。五年間会っていなかった時は、ただ思い出の中の人としてだけ思っていたのに、今毎日顔を見るようになったら、会いたくてたまらなくなった。慶人にとって、岸谷は、思い出の中の偶像ではなく、手を伸ばして触れて、体温を感じる……そして、ほっと息をつく。そんな安らぎの存在になっていた。慶人が慶人らしくいられる。そんな時間をくれる、なくてはならない存在になっていた。

「でも、手術中なら……仕方ないよね」

つぶやいた時、コンコンッとドアがノックされた。はっと顔を上げると、ナースの声がした。

「加賀美先生、救急車が入ります。自宅にて意識消失、対抗反射なし、瞳孔《どうこう》散大です」

「すぐ行く」

無意識にもてあそんでいたＰＨＳをポケットに放り込むと、慶人はドアを開けて、初療室に向かって歩き出していた。

「おや、家に帰るのかい？」

私服に着替え、ノートパソコンの入ったバッグを抱えて部屋を出ると、ちょうど同じように部屋から出てきた野木と鉢合わせた。

「ええ。たまには……」

「いいことだ」

野木が手を伸ばし、慶人の髪をわしゃわしゃとかき混ぜる。

「先生……っ」

「ついでに、もっと住み心地のいいところにしたらどうだ？　加賀美先生のマンション、狭いだろ？　あそこ、ドクター用じゃないだろ？」

葛城総合病院では、医師以外のスタッフは、基本的に寮に入ることになっている。その寮に入れなかった者が臨時に住むのが、今慶人がいるマンションだ。ワンルームに毛の生えた程度の１ＤＫで、ベッドを置いたら、他にはものが置けない。慶人が入職した時、たまたまドクター用のマンションに空きがなく、臨時に入ったのだが、引っ越すのも面倒で、五年間そのままになっている。

「いいんですよ」

慶人は首を横に振った。

「寝に帰るだけだし……かえって広いと身の置きどころがありません」

岸谷の部屋は３ＬＤＫだと言っていたと、ふと思い出す。その広い部屋で、彼は今、何を考えているのだろう。

「……帰って寝ます。ベッド買い換えたばかりだし」

「キングサイズか？」

「シングルですよ」

くすっと笑って、慶人は軽く頭を下げる。

「失礼します」

「お疲れ」

「お疲れ様でした」

野木に見送られて、慶人はセンターを出た。


疲れているつもりはなくても、やはり疲れていたのだろう。持っていたバッグと途中で買ってきたお弁当を投げ出して、ほんの一休みのつもりで、ベッドの上に横たわっていたら、天井を見つめている間に眠ってしまったらしい。気がついたのは、肌寒さのためだった。

「風邪ひいちゃうな……」

カーテンも閉めずに、半袖でベッドにひっくり返っていたのだ。外がすっかり暗くなっていることにびっくりして、慶人はベッドの上に起き上がった。

「あーあ……お弁当冷めちゃったな……」

いったいどのくらい寝てしまったのだろう。とりあえずコーヒーでもいれようと立ち上がった時、玄関のチャイムが鳴った。

「はーい」

セキュリティなど入っていない古いマンションだ。

「どなたですか」

ドアを開ける前に、一応尋ねる。帰ってきた声は意外なものだった。

「……俺。岸谷だけど」

「え」

慌ててドアスコープからのぞくと、そこに立っていたのは、間違いなく岸谷だった。慶人は迷わずドアを開ける。

「……悪い、急に来て」

岸谷は少し視線を外して言った。

「……センターに行ったら、おまえ、帰ったって」

「あ、うん……なんか、疲れたような気がしたから」

「あ、じゃあ……」

岸谷が手にしていた白いビニール袋を差し出す。

「これ、差し入れ。ビールとちょっとしたつまみ」

「一人じゃ飲みきれないよ」

慶人はくすっと笑った。

「入って。岸谷のところからすると、信じられないくらい狭いけど」

岸谷が来てくれたことが嬉しかった。彼の顔が見られたことが嬉しかった。慶人は身体を斜めにして、岸谷を迎え入れた。


慶人がグラスとつまみを入れるための白い皿を持って戻ると、岸谷がまだ突っ立っていた。改めて、彼は背が高いなと思う。慶人は百七十センチを少し切るくらいだ。さほど小柄ではないつもりだが、百八十センチを大きく超えているに違いない岸谷が、この狭い部屋に立っていると、やはり大きいという感じがする。

「座ったら？」

「いや……どこに座ればいい？」

間抜けな答えが返ってきて、慶人は笑い出していた。確かに、岸谷の住まいからすると狭すぎて、ベッドしかない部屋だ。

「ベッドでも、床でも。ラグは敷いてあるから、そんなに冷たくないと思うよ」

慶人に言われて、岸谷はベッドに寄りかかるようにして、ラグに座った。慶人はトレイを床に置き、グラスと皿を並べる。

「あれ、見たことない缶だ」

白っぽい缶ビールは、横文字ばかりで、日本のものではない。

「あ、ああ……酒屋に行ったら、ドイツものがあったんで買ってみた」

つまみはナッツとチョコレートだった。どちらもやはり日本のものではない。

「ふぅん……岸谷はドイツものが好きなんだ」

「どうしてもってわけじゃない。珍しいから買ってみた。おまえに……飲ませたくて」

「うん、ありがとう。初めて見たよ、これ」

慶人の世界は極端に狭い。それを岸谷は感じ取っていたのだろう。どんな時でも、少しでも何か別の世界を見せようとしてくれる。そんな岸谷の心遣いが慶人は嬉しかった。

「どんな色なんだろう。濃いのかな」

注いだビールは少し濁っているようだった。味は思ったよりもまろやかで、少し甘い。

「おいしい、これ……」

あまりビールが好きではない慶人にも、素直においしいと思えた。慶人はにっこりと嬉しそうに笑う。

「岸谷、僕が知らないもの、いっぱい知ってるよね」

「……おまえより遊んでたからな」

ようやく、岸谷の唇に笑みが浮かんだ。頬はまだ少しこわばっているようだが、肩の力は抜けたようだ。二人は少しの間黙ってビールを飲んでいた。つまみのナッツを取ろうとした指先が軽く触れ合って、はっとして岸谷が手を引く。

「あの……さ」

岸谷が意を決したように、顔を上げる。

「俺……おまえに聞いてほしいことがある」

「岸谷、言いたくないことなら、無理に言わなくていいんだよ」

慶人は柔らかい声で言った。ビールをゆっくりと飲む。

「僕は……気にしないよ」

「聞いてほしい」

岸谷が絞り出すように言った。

「ずっと……考えてた。あの……時から」

きっと、あのカフェの外で目が合った時のことを言っているのだろうと思った。慶人は何も言わずにナッツをつまむ。岸谷が少し苦しそうに言葉を続けた。

「おまえに……何を言ったらいいのかわからなくて、この三日間逃げ続けていた。何を言えば……俺を信じてもらえるのか、わからなくて」

「岸谷、何も言わなくても、僕は君を信じるよ」

どんな時でも、僕は君を信じている。君の体温を感じるだけで、僕はほっと息をつける。君のそばだけが、僕が僕らしくいられる唯一の場所だ。

「君が苦しいなら、もう、何も言わなくていい」

「慶人……」

「君にそう呼ばれるの、好きだよ」

慶人はゆっくりと言う。

「君に名前で呼ばれるの、とても好きだよ」

「あ……」

しまったというふうに、岸谷が口元を押さえる。

「す、すまん……何か……口ついて出ちゃって……」

「いいんだよ。君には、そう呼んでもらった方が嬉しい」

ビールの微かな酔いが、慶人を素直にさせている。

「まぁ……さすがに仕事の時は困るかもしれないけど」

慶人はいつの間にか空になっていた岸谷のグラスにビールを注いだ。

「……この前、俺が会っていたのは、三宅《みやけ》という医者だ。俺の一回り上で、元北都医大脳神経外科の准教授。今は関西脳神経外科病院の院長をやってる」

思い切ったように、岸谷が話し始めた。

「今の榎波教授との教授選で負けて、大学をやめたんだ」

岸谷はグラスを置いた。

「……この秋に、大学からの派遣でアメリカに留学する枠があって、俺はそこに行かないかと言われていた。期間は二年、場合によっては三年。戻ってきたら、大学に採用になって、役付きになることが約束されている」

「エリートコースだね」

「まぁ……そういうことになるな。榎波先生には、うちの大学の小児科に娘さんがいて、見合いをしないかという話もいただいていた」

「え……」

「それが今年の初め。同じ頃に、三宅先生からも、関西脳神経外科病院の副院長にならないかという話があった。給料も……今の倍近い。葛城も待遇はいい方だが、その倍だ」

「すごいね……」

慶人も自分の待遇は知っている。その倍といえば、はっきりいって法外である。

「迷ったことは否定しない」

「まぁ……大学もそんなに給料よくないしね。公費留学も持ち出しが相当あるって聞いてるし」

「そういうことじゃないんだ」

岸谷が首を横に振る。

「俺は……榎波先生の敷いたレールに乗りたくなかったんだ」

「榎波先生の敷いた……レール？」

「大学からの派遣で留学し、帰ってから大学で役付きになる。たぶん、助教か講師になって、いずれ教授選に出ることになるだろう」

「元教授の推薦だったら、よほどのことがない限り、教授になれるだろうね。教授のお嬢さんと結婚したら……絶対、推薦してくれるだろうし」

言いながら、慶人は岸谷が置かれていた立場を考える。

〝思った以上に……岸谷はエリートコースにいたんだ……〟

今の仕事の切れや文句のつけようのないコミュニケーション能力を見れば、彼が相当いい位置にいたことは想像できたが。

「榎波先生が、俺に娘さんとの縁談を持ってきたのは、三宅先生からの話があったからだ。きっと、先生は三宅先生からの話を知っていたんだと思う。遠回しに、資金援助の話もいただいた」

榎波教授と三宅医師との間で、岸谷の取り合いがあったわけだ。

「俺をかってくれたのもあるとは思うが、榎波先生は自分の配下から三宅先生に人材が流れることを阻止したかったんだと思う。榎波先生と三宅先生のライバル意識は相当のものだったからな」

岸谷が少し自嘲《じちょう》気味に笑った。

「たぶん、三宅先生に誘われたのが俺でなかったら、資金援助の話や縁談は持ってこなかったと思う。榎波先生にとっては、俺は手駒《てごま》のひとつだったんだ」

「それだけの理由で、自分の娘を嫁がせようとは思わないよ」

慶人は正直に言う。

「もしかしたら、娘さんの方から、岸谷を紹介してほしいって言ってきたのかも……」

「そんなはずないだろ」

岸谷が首を横に振る。

「俺はそれほどのもんじゃないぞ」

魅力のある人間ほど、自分の魅力に気づかないものだ。

「慶人、これだけは言っておきたいんだが……俺は、ここに飛ばされてきたんじゃない。俺は、望んでここに来たんだ」

「え……？」

岸谷は話を続ける。

「結局、俺は三宅先生の話を断り、留学の話も断った。自分の行く先を決めつけられるのが嫌だった。自分で、自分の進む道を決めたかった」

「うん……」

「しかし、教授は三宅先生のところに行くから、留学しないんだろうとおっしゃる。三宅先生のお話は断ったと言っても、納得していただけなかった。留学と自分のお嬢さんとの結婚を断るなど、金銭以外には考えられないと……」

岸谷は人生の岐路に立たされていたのだった。

「毎日のように呼び出された。留学しないなら、大学に残る意味はないだろうとまで言われた。自分の娘に不満があるのかとも言われた。でも、俺には答えようがない。俺は……まだ自分が何をしたいのかがよくわかっていなかった。もっと……じっくりと考えたかった。どうすれば……自分の望む道に進めるのか」

慶人が、葛城総合病院で救命救急への道を見つけたように。

「そんな折、とんでもないことが発覚したんだ」

「とんでもないこと？」

ビールはいつの間にかなくなっていた。慶人はちょっと待ってねといって、冷蔵庫からもらい物の白ワインを出してくる。

「これでいい？」

「ああ……」

グラスにワインを注ぐ。それを一口飲んで、岸谷は話を続けた。

「……年度末の在庫確認で、病院のカテーテルが大量になくなっていることがわかった。他にも脳神経外科の医療材料がなくなっていて、いろいろ調べた結果、三宅先生が持ち出したことがわかったんだ」

「そんな……」

医療用材料やカテーテルは高価だ。特殊なものになれば、一本数万円もするものが珍しくない。それを数十本も持ち出していたとしたら、損害額はかなりのものだ。はっきりいって泥棒である。

「それから、榎波先生の俺を見る目が変わった。あれほど熱心に誘ってくれていた留学話が白紙になり、縁談も忘れてくれと言われた。何が起こったのかわからなかった」

「岸谷、もしかして……」

「ああ」

岸谷が苦く笑う。

「俺はその頃、放射線科や手術室に頻繁に出入りしていた。たぶん、准教授だった三宅先生よりも頻繁にだ。俺は、カテーテル持ち出しの片棒を担いだと思われたんだよ」

「ひどい……」

岸谷のことを知っていれば、彼がそんなことをするはずはないとわかる。

「そのことが表沙汰《おもてざた》になってから、俺と三宅先生が会っているのを見たという者がぞろぞろ出てきた。それこそ、あることないことだ」

「もしかして……この前、ギャラリーカフェで会ってたのが……そうなの……？」

岸谷が力なく頷く。

「大学をやめる時、携帯もパソコンのメールアドレスも変えたし、引っ越しもした。俺に連絡がつかなくなったんで、病院の方に来たんだ。慌てて、あのカフェに連れ出した。先生は、大学をやめたんなら俺のところに来いって言ってきたんだけど、俺は……もう関わらないでくれと言った。もっと早くちゃんと言えばよかったんだ。上の先生だと思って、遠慮していた俺が馬鹿だったんだよ」

「それは……」

医局内でのトラブルを経験している慶人にはよくわかる。医局内のヒエラルキーは実にはっきりしている。年齢よりも学年やついている役が絶対だ。立場が上の者に対しては、絶対に逆らえない。

「大学をやめることに迷いはなかった。そして、やめるなら……葛城総合病院にいこうと思っていた」

「どうして……」

葛城総合病院は待遇はいいが、激務だ。近隣に大きな病院が少なく、周囲のほぼすべての救急車が集中するし、入院病床もほぼ満床に近い。手術室の稼働率も高い。もっと待遇が悪くても、暇な方がいいと愚痴る医師やスタッフも多い。

「どうして、葛城なの？　もっと楽な職場はいくらでもあるのに」

「……おまえがいるから」

「え」

手の中のワインが少しずつ温まっていく。視線が上げられない。

「おまえ、今年の頭に、大学に来ただろ？」

「……そういえば……」

今年の一月に、北都医大で救命救急関係のシンポジウムがあった。シンポジストとして招かれ、慶人は迷った末に承諾した。北都医大といっても、慶人がトラウマを抱えている医局ではなく、講義棟に入っているホールでの催し物だったからだ。大学院を卒業して以来の訪問だった。

「大学の外を歩いているおまえを見かけて、声をかけようと思って追いかけていったら、ホールでのシンポジウムに行き着いた。おまえがシンポジストとして出るって聞いて、後ろの方でずっと見ていた」

「そうだったの……」

全然気づかなかった。あの時は緊張して、会場を見回す余裕などなかった。

「変わってないって思った。俺はいろんなことに流されて変わったと思ったし、あの頃はちょうど榎波先生と三宅先生の間に挟まれて、自分でも嫌になるくらい迷っていた。それなのに、おまえは全然変わっていなくて、大学時代のまま、物静かでおとなしいのに凛《りん》としていて、おまえの周りだけ空気が澄んでいるような気がした」

「大学……時代……?」

彼とは、大学時代にはほとんど接点がなかった。

「俺はずっとおまえを見ていたよ。どんな時でも」

岸谷が優しい声で言う。

「あの一年生の夏から、ずっと」

「岸谷……」

一年生の夏。河原で起こった事故。溺《おぼ》れた人を前にして、誰もが動けなかった中、岸谷だけが動き出した。

「あの時、どうにかCPR始めたけど、俺は不安で不安で仕方なかった。怖くて、不安で。その中で、おまえだけが俺のそばにいてくれた。俺と一緒に……動き出してくれた」

「それは……」

僕も一緒だと慶人は思う。彼が動き出してくれたから、慶人は動き出すことができた。彼がいてくれたから、自分もCPRに集中することができた。自分のやっていることが間違っていないと思えた。

「あれから、不安になると、俺はいつもおまえを探していた。おまえの変わらない姿や穏やかな笑顔や……そんなものを見ると、不安が消えた」

「それはね」

慶人は微笑んだ。

「僕も同じだったよ」

「慶人……」

「僕は……ずっと、君と過ごしたあの夏の五分間だけを支えにして、ずっと……走ってきたんだ」

あの夏の奇跡の時間。

おいしそうに冷たいお茶を飲み、夏の陽射しにきらきらと輝く川面を眺めながら、彼は言った。

『人を助けるってさ……こういう感覚なんだな』

『医者になる感覚っていうか……覚悟？　そんなもんを突きつけられた気がした』

『……ああ、助けられたんだって思ったとたんさ、ちょっとした怖さが押し寄せてきた』

『ＣＰＲって、それほど特別なことだとは思わないけど、やるのを見ている方は当然蘇生が成功するのを期待してるよな。今日はたまたまうまくいったけど、いつもそうとは限らない。それはよくわかってる。でも……あれを見たら、みんな成功するものだと期待する。それは……医者に対しても同じじゃないのかな』

彼のくれた宝石のような言葉。夏の陽射しの中のきらきらとした彼の横顔。それだけを胸の中に抱きしめて、慶人はずっと歩き続けてきた。

「僕が救命救急に進んだのは……あの夏があったからだよ」

大学での事件があって、慶人は心臓外科に進むことに小さな恐怖を感じていた。実の父と関係のある心臓外科にいる限り、あの事件は慶人について回る。

迷いながら、心臓外科の仕事を続けていた時、勤め先の葛城総合病院に救命救急センターができた。

「センターができた時、神様はいるんだなって思ったんだ……。神様が僕の進む道を示してくれたんだって」

温まってしまったワインを一口飲んで、慶人は訥々《とつとつ》と言葉を紡ぐ。ワインは少し甘い。とろりと甘く舌先に絡みつく。

「……慶人」

岸谷が少しかすれた声で言った。

「ずっと……俺たち、同じことを考えていたのかもしれないな」

「そうだね」

慶人はグラスを両手で包んで、こくりと飲む。

「おかしいよね。大学には十年以上もいたのに……思い出はあの夏だけなんだ。あの夏の……君と話した五分間だけなんだ」

「慶人……」

「君にそう呼ばれるのは好きだな……なんだか、懐かしい気がして」

慶人は顔を上げて、くすりと笑う。

「君にそう呼ばれたことはないはずなのにね。なんだか、君の声に乗る自分の名前がすごく……自然で」

「俺は」

岸谷がそっと手を伸ばしていた。恐れるように、慶人の肩に触れる。

「ずっと……心の中でそう呼んできたから。加賀美って言う方が……なんか、不自然で一生懸命言ってた」

「そうなんだ」

慶人は岸谷を見上げた。岸谷のすっきりと涼しげな目が細められて、慶人を見つめていた。

「おまえの目、でっかいな」

岸谷がふっと笑った。

「こぼれ落ちそうだ」

「そんなことないよ……」

大きい目でも視力はよくない。コンタクトを外している今は、岸谷の顔もよく見えない。

「……っ」

ふいに肩を引き寄せられ、そのまま抱きしめられた。

「きした……っ」

「ごめん……少しこのままでいてくれ」

岸谷の高めの体温。耳元に届く深く響く声。

「少しだけ……このままでいてくれ」

「う、うん……」

身体を少しひねる形で、慶人は岸谷に抱きしめられていた。慶人の低めの体温が岸谷に温められていく。

「このまま……ずっと一緒にいられたらいいのにな」

「え……」

慶人をぎゅっと強く抱きしめて、岸谷がささやく。

「このまま……おまえのそばにいられたらいいのに」

慶人の心臓がどきりと跳ねた。とくとくと鼓動が速まっていく。耳たぶが熱い。

「そばに……いてくれればいいのに」

かすれた声でようやく言った。

「岸谷……そばに……いてくれればいいのに」

ぱたりとワインのグラスが倒れた。甘くほろ苦い葡萄《ぶどう》の香りが二人を包む。日が落ちて、室内の温度は下がり始めていた。彼に抱きしめられている身体だけが温かい。

「慶人……」

岸谷が苦しそうにささやく。

「おまえ、自分が何言ってるのか、わかってんのか？」

「え……？」

「俺は……おまえを……抱きたいと言ってる。おまえを……俺のものにしたい」

ふわっと体温が上がるのがわかった。お互いの顔は見られない。ただ体温と高まる鼓動を感じあって、ささやきあう。

「……岸谷がそれでいいのなら」

慶人は小さな声で答えた。

「僕は……男だよ。女の子みたいな柔らかさやかわいらしさはないし……君を受け入れるための身体じゃない……」

彼の肩に顔を埋めて、慶人はささやく。この空気が壊れてしまうのを恐れるように。

「それでも……君がいいなら」

「俺は……慶人だから、俺のものにしたい」

岸谷が熱い声でささやく。

「慶人は……俺の分身だと思うから。慶人は俺の言いたいことややりたいことをわかってくれる。きっと……俺より先にわかっている。慶人は……たった一人の俺の分身なんだ……」

岸谷の熱い指が慶人の髪を撫で、耳元を探り、頬に触れてくる。

「……キスしても……いいか」

彼がそっと尋ねた。慶人は小さく頷く。彼の両手が慶人の小さな顔を包んだ。彼の涼しい目は優しげに細められている。

「色が白いな、おまえ」

「外に出ないもん……」

彼の手に手を重ねて、慶人はそっと視線をそらす。

「そんなに見ないでよ」

「ごめん……」

ふっと笑って、岸谷が顔を近づけてくる。間近に見ても、男前は男前だなぁと思った。

「慶人」

睫《まつげ》が触れるほどの距離で、彼が言った。

「そのでかい目、閉じろよ」

「あ、ごめ……」

謝る間もなく、唇がふさがれた。柔らかく温かい唇が慶人の吐息を奪う。

「……っ」

キスは甘い。とろけるように甘い。このまま唇がひとつに溶けてしまいそうなくらい甘い。髪を撫で、抱き寄せてくれる手が優しい。岸谷はこんなキスをする男だったのかと、頭の片隅が考えている。触れるだけのキスは柔らかく優しく、まるで羽が触れるようだ。

「……びっくりしたか……？」

胸の中に抱きしめて、岸谷がささやいた。慶人はクスクスと笑う。

「思ったより……優しいね」

「野獣扱いかよ……」

ふっとため息をついてから、岸谷はにっと笑った。

「じゃあ、遠慮なく、獣にならせてもらおうかな」

「え？　わ……っ」

ふいにラグの上に倒されかけて、慶人は悲鳴を上げそうになる。頭をぶつける寸前で、ふわっと抱き寄せられて、優しくラグに寝かされる。

「……本当にいいのか？」

真上から見下ろして、岸谷が言う。慶人は手を伸ばして、彼の頬に触れた。

「冷たい手だな」

「……緊張してるからね」

手を握ってくれた岸谷の手は温かい。

「嫌だったら……」

「やめる？」

言葉を投げ合うのが楽しい。次に返ってくる言葉がわかるから。何も言わなくても通じ合う。もう心はひとつになっている。

「……できるだけ、優しくする」

ひょいとびっくりするくらいの力で抱き上げられた。そのままベッドに寝かされる。シャツのボタンをすべて外し、胸を開く。

「やっぱり色が白いな」

「こんなところ……日に焼けないよ」

斜めに傾けたブラインドから、満月のきらめきが射し込んでくる。腕を交差させてTシャツを脱ぐと、岸谷はベッドの下に投げた。ふわっと抱きしめられると、素肌が触れ合って、彼の体温が直《じか》に伝わってくる。

「……あったかい……」

彼のなめらかな背中に腕を回す。触れ合った唇が微笑んでいる。きゅっと目を閉じると同時にキスが深くなった。深く唇を重ね、あごにかかった指先が唇を開かせる。

「ん……」

唇を開くとゆっくりと舌が滑り込んできた。甘く舌先を絡ませ、幾度も角度を変えて、深いキスを交わす。

「キスは……嫌じゃないか?」

クスクスと笑ってしまう。彼はどこまで優しいのだろう。

「嫌だったら……」

それでも、彼の目を見るのが恥ずかしくて、少し視線をそらす。

「こんなことしない……」

両手を彼の背中に回す。なめらかで柔らかい手触り。抱き寄せると、彼が胸に顔を埋めてきた。薄いピンク色をした乳首に唇を触れてくる。

「ん……っ」

こんなところで感じるのかと思うほど、身体の底がうずいた。きゅっと指先に力が入ってしまう。その動きで感じたことがわかったのだろう。彼の舌先が乳首に触れてきた。

「ん……ん……っ」

軽く吸い上げられて、背中がベッドから浮いてしまう。そのまま抱き上げられるようにして、強く胸を吸われた。抱きしめられて、再び戻ってきた唇とキスを交わす。深いキスを交わしながら、お互いの身体の間にあるものをすべて脱ぎ捨てた。彼の素肌が慶人の素肌をぴったりと覆う。

「おまえの肌……柔らかいな」

彼の手のひらが、慶人の背中から腰を繰り返し撫でる。ふっと体温が上がってきて、頭の芯《しん》がふらっとする。

「そんなこと……ないよ……」

自分が何を言っているのかわからなくなってくる。痛くない程度に強引に、彼が慶人の内股《うちまた》に手を入れ、開かせていく。その間に自分の身体を入れ、ふっと息を吐き、慶人の上に身体を寄り添わせた。慶人はそんな彼の身体をぎゅっと抱きしめる。自分と異なる体温は、なんて気持ちがいいんだろう。このまま身体を沈めてしまいたいほど、その体温は心地いい。身体にかかる彼の重みも愛《いと》しくて、慶人はほっと息をつく。

自分も心のどこかで、こうなることを望んでいたことがわかった。ただ、そんなことはあり得ないと思って、無意識のうちに可能性を排除していただけだ。手をさしのべてきた彼はなんて勇気があるのだろうと思った。壊れてしまうことを恐れて、一歩を踏み出さなかった自分。より深く共にいることを望んで、一歩を踏み出してきた彼。

〝やっぱり……君にはかなわないよ……〟

「……おまえの肌柔らかい。触ってると……すごく気持ちがいい」

彼の手が慶人の肌を探る。決してまろやかとはいえない身体のラインをたどり、すべすべとした太ももに指を滑らせる。

「もっと……触ってもいいか……」

「……うん」

太ももを撫で上げて、彼の指が慶人の淡い茂みの中に滑り込む。

「ん……っ」

思わず、彼の手をつかみ止めてしまう。しかし、彼は宥《なだ》めるように首筋にキスをして、指を進める。

「痛いか……」

「……大丈夫……」

彼の背中にしがみつき、堅く目を閉じる。

「力……抜いて」

きつく閉じそうになる膝《ひざ》の間を開かれた。そっとお尻《しり》を持ち上げて、深く指を入れてくる。

「う……ん……っ」

「力……入れないで。そのままで……」

「え……あ……っ」

彼がするりと慶人の肌を撫でながら、身体を沈めた。慶人の太ももを大きく開かせてくる。

「……だめ……っ！」

彼が顔を埋めてくる。舌先がきつく閉じたつぼみに触れた。何をされるのか瞬時にわかってしまって、声を上げてしまう。

「そんなこと……っ」

「嫌じゃなかったら……このままでいて」

彼の吐息がつぼみに直接触れてくる。そして、指先で優しくつぼみを開くと、そこにキスをされた。

「あ……っ」

恥ずかしい声が漏れる。抑えきれない生々しい声。

「ああ……っ」

濡《ぬ》れた音。つぼみに感じる彼の熱い舌。

「ああ……ん……っ」

自分でも驚くような声がする。誰が声を上げているのかとぼんやり考えて、自分だと気づいて、呆然とした。

「あ……ん……ああ……ん……っ！」

甲高く、甘えた声。耳をふさぎたくなるような甘い声。

「あ……ああ……っ！」

「慶人……」

ささやきが熱い。腰から下がとろけそうになる。力の入らなくなった両足が大きく広げられる。

「……慶人、何か柔らかいものある？」

すうっと身体を引き上げた彼が耳元でささやいてきた。

「え……？」

「おまえに痛い思いさせたくない……クリームみたいなの……あるか？」

一瞬おいて、頬が熱くなった。慶人も医師だ。彼が何を言っているのか、わかってしまった。

「……そこの引き出しに……ハンドクリーム入ってる」

彼の胸に顔を埋めて、やっと言った。薄闇《うすやみ》の中で、彼の手がサイドテーブルの引き出しを探り、チューブのクリームを探し当てた。

「ん……っ！」

彼の指がぐうっと深く入ってきた。クリームをすくった指が、慶人の柔らかく濡れたつぼみを開こうとする。慶人は深く息を吸った。身体の力を抜こうとすればするほど、力が入りそうになる。

「……嫌か……？」

彼が最後の問いを投げてきた。吐息にかすれた声で。その声を聞くだけで、身体の奥がどくりと脈打った。ここにほしい。彼がほしい。

「……来て」

素直に声が出た。頭で考えて言うよりも先に身体がこぼした声。

「……早く……来て……っ」

「慶人……っ」

「ああ……っ！」

上に伸ばした手がきつくシーツをつかむ。肩を押さえられ、ぐいときつく突き上げられる。

「ああ……ん……っ！」

熱さと痛みが身体の中心を貫いた。きつく閉じたまぶたの裏が真っ白になる。身体の中に打ち込まれてくる熱い高まり。

「あ……あ……っ」

「慶人……慶人……っ」

上に逃げそうになる身体を押さえられ、身体の奥に熱いものが押し込まれてくる。息を

つめて、慶人は身体を震わせながら、彼を受け入れる。痛みよりも熱さがつぼみを灼《や》く。彼の熱さが愛しくて、身体の奥で抱きしめる。

「慶人……っ！」

彼が声を上げる。聞いたことがないほど艶《つや》めいた甘い声。

「慶人……慶人……っ」

「ん……あ……ああ……ん……っ！」

きつく揺すり上げられて、甘ったるい悲鳴が漏れる。肌の触れ合う音。シーツの衣擦《きぬず》れ。ベッドの微かなきしみ。いろいろな艶めいた音が聴覚をふさいで、慶人の意識をかき乱す。彼の逞《たくま》しい腰がリズムを刻む。慶人の柔らかく溶けた身体もそれに和していく。彼に引きずられ、抱きしめられ、高みへと引き上げられていく。

「あん……あん……ああ……ん……っ！」

置いていかれないように、彼の背中に腕を回す。腰をきつくつかまれ、早いリズムで揺さぶられながら、汗でぬめる彼の身体を抱きしめる。

「慶人……ああ……慶人……っ」

何度も名前を呼ばれる。自分の名前はこんなにも色めいていただろうか。こんなにも甘やかな響きだっただろうか。身体が溶けていく。身体の芯から、彼の熱に灼かれて、溶け出していく。痛みはもう感じない。ただ熱さだけが慶人を翻弄《ほんろう》する。熱くて……何もかもが熱くて。身体の中に食《は》んだ彼の高まりも、抱きしめる彼の背中も、首筋に埋められた彼の唇も。

「もう……だめだ……っ」

彼の声が高くうわずる。抱きしめてくれていた彼がそっと腕をほどき、身体を離そうとしている。

「待って……っ」

行かないでと彼の背中を引き寄せる。彼が苦しそうな顔で慶人を見た。

「このままだと……だめだ……」

「何……が……？」

「おまえに……つらい思いを……させる……」

慶人は首を横に振った。生理的な涙が浮かんだ瞳《ひとみ》で、彼を見つめる。

「いい……から……」

もう限界が近い。身体の震えが止まらない。悲鳴を上げてしまいそうになる。

「このままで……いいから……っ」

「慶人……」

「このままで……いい……」

もう言葉を紡ぐのは無理だった。彼に揺さぶられ、熱い嵐《あらし》に巻き込まれて、何も見えなくなる。

「あ……ああん……ああ……ああ……んっ！」

彼の情熱をすべて受け入れて、意識が飛ぶ。

「慶人……っ！」

「ああ……っ！」

身体の奥が熱く濡らされた。ふわっと彼の体温が高くなる。全身にかかる愛しい重みを抱きしめて、慶人は静かに目を閉じた。


意外に睫が長いと思った。すっと鼻筋が通った形のいい鼻。少し薄い唇。見た目よりも柔らかい髪。

「こら……」

枕《まくら》に肘《ひじ》をつき、眠る岸谷を眺めていると、彼が目を閉じたまま、慶人の髪に触れてきた。

「え……」

「視線を感じる」

彼が目を開けた。深い瞳が慶人を見つめている。

「慶人の視線には体温があるな」

「そんなこと……ないよ」

慶人は枕の上に頭を落とした。月はいつの間にか最も高いところにあった。部屋はひんやりと冷たい空気の中にあったが、ベッドの中は触れ合う素肌が温かい。

「なぁ……」

手を伸ばし、慶人の髪をさらさらと撫でながら、彼が言った。

「……後悔してないか？」

慶人は岸谷と初めて身体を重ねた。つらいと思ったのは最初だけで、彼の体温に身体をゆだね、彼を感じるのは、むしろ快感ですらあった。

「どうして？」

慶人は、彼の頬に手を伸ばす。

「どうして、そんなこと言うの？」

「……俺の気持ちだけを押しつけた。おまえは……俺に流されただけだ」

苦い口調に、慶人は眉を寄せた。彼の削《そ》げた頬を手のひらで包む。

「流されただけで……あんなことができると思う？」

　ハードルが低かったと言えば、それは嘘《うそ》になる。抵抗感がゼロだったとは言わない。しかし、彼を抱きしめたいと思った。彼とひとつになりたいと思った。彼の一番近くにいたいと思った。

「……好きよりももっと深い」

「え？」

「僕の……気持ち。君の寝顔見ながら、考えてた」

「寝顔……見てたのかよ」

「うん。結構じっくり。いい男だなーって思ってた」

　こらっと引き寄せられた。

「僕は……岸谷のこと、好きだって思ってた。ずっと」

「ああ……」

「でも、ずっと岸谷の寝顔見てたら、思った。僕は……好きよりももっと進んだ気持ちで、君を見ていたんだって」

　好きよりももっと深い。ただ見つめているよりももっと近い。

「……愛している」

軽く唇に触れて、岸谷が言った。

「え」

キスを返して、慶人が首をかしげる。岸谷が笑った。

「たぶん、それは……愛しているっていうんだ」

「愛している……」

繰り返して、言葉の重さを感じる。彼の頰に手を触れ、もう一度キスを返す。

「そうだね」

ずっと待っていたのは、その言葉だ。ブランケットに潜り込んで、深くキスを交わす。

「愛している……よ」

その言葉を抱きしめながら。

ACT 7

「おはようございます」

朝日が覚めたら、季節は夏になっていた。そんな言葉がふさわしい六月の朝だ。

「ああ、おはよう」

当直明けの野木があくびをしながら答える。

「昨夜は千客万来。入院が五名だ」

「お疲れ様です」

慶人は手にしていた紙袋を持ち上げてみせた。

「サンドイッチいかがですか？」

「何、手作り？」

「まさか」

慶人はクスクスと笑う。

「そこのコンビニで買ったんです。名店フェアとかで、結構有名なカツサンドみたいです」

「へぇ」

「あ、知ってるー」

通りかかったナースが紙袋をのぞき込む。

「結構お高いんですよね。一箱五百円だったかな」

「加賀美先生のお昼じゃないの？」

「僕は適当に食べますから。今来たばかりだから、できたてに近いと思いますよ」

サンドイッチは二箱あった。

「……加賀美先生、これ、岸谷先生の分じゃないの？」

二人が一緒に夜を過ごした翌日から、また岸谷はセンターに顔を見せるようになっていた。せっせと顔を出しては手伝ってくれるので、野木もその存在を認めてしまったようだ。医師としては公平な感覚を持っている人だ。岸谷が優秀な医師で、仕事に熱心なことを認めてくれたのだ。

「違いますよ」

慶人は笑いながら、否定する。

「誰か食べると思って二箱買っただけです。みんなで食べてください」

「あれ、俺の分じゃないの？」

「え？」

振り返ると、その岸谷が立っていた。身体が大きいわりに、岸谷は気配が薄い。存在感はたっぷりなのに、動く時にあまり音を立てないのだ。しなやかな獣のような身のこなしをする男である。

「岸谷……っ」

「おはようございます、野木先生」

「ああ、おはよう。朝から熱心だね」

「昨夜、こっちに送った患者が気になって」

昨夜、岸谷は外科の当直だった。外来でも当直はあるので、軽症の患者はそちらで診る。重症と思われる患者をセンターに送るのである。

「ああ、あのフレイルチェストの患者ね」

野木が答えた。

「フレイルチェストでしたか、やっぱり」

「外傷性気胸は起こしてなかったから、帰してもよかったんだけど高齢だからね。経過観察で入院にしたよ」

「ありがとうございます。高齢なんで、俺も気になっていたんです。俺が入院させてもよかったんですけど、やっぱり専門に診てもらった方がいいかなって」

「そのためにセンターがあるんだよ。お気遣いなく」

野木と岸谷の自然な会話が嬉しい。慶人はサンドイッチの袋をナースに渡すと、自分の医局に向かった。岸谷はまだ野木と話している。もともと岸谷はコミュニケーション能力の高い男だ。相手の懐にすっと入る力がある。

〝もう……心配しなくていいかな〟

いまさら、野木に言い訳じみたことを言って、蒸し返す必要はないと思った。だから、慶人は余計なことを言わない。岸谷は自分の力で、野木の誤解を解いたのである。それはそれでいいと思っている。

「慶人」

ドアが開き、岸谷が入ってきた。慶人はさっと着替えを終えて、電気ポットに水を入れる。ドアをきちんと閉めると、岸谷がそっと背中を抱いてきた。

「こら」

職場では、あくまで今までの関係を崩すつもりはない。慶人は笑いながら、自分のお腹の前で組まれた手を軽く叩いた。

「何してるの」

「誰も来ないんだから、いいじゃん。慶人、あったかいな」

「暑いの間違いじゃないの」

今朝起きたら、空は夏の色になっていた。雨が降れば肌寒いが、からりと晴れてしまうと陽射しは夏のものだ。まだクーラーの効いていない室内には、細く開けた窓から、緑の香りの風が吹き込んでいる。

「寂しい夜を過ごしたんだから、ご褒美あってもいいだろ」

「わがままだね」

岸谷とつきあうようになってから、慶人は当直以外で泊まることがほとんどなくなった。週に四日自宅で眠るようになってから、体調はよくなったような気がする。疲れて、医局の床に倒れることはなくなったし、食事もいつもおいしい。身体の切れもよくなったと思う。

肩越しにキスを交わして、岸谷は満足したらしい。慶人の頬にもう一度キスをすると、身体を離し、棚からカップを出した。インスタントコーヒーをカップに振り入れる。

「フレイルチェストって、事故かなんか？」

「転倒。高齢って怖いよな。ちょっと躓《つまず》いて転倒しただけで、肋骨バキバキだもんな」

「女性？」

「そう。骨粗鬆症《こつそしょうしょう》恐るべしだ」

「肋骨って意外に脆《もろ》いからね。咳《せき》でも折れる」

お湯はあっという間に沸いた。カップに注ぐと香ばしい香りがする。

「朝ご飯は？」

「検食。卵焼きと大根おろしの酢の物」

「卵焼きは甘いの？」

「しょっぱいのなんて、卵焼きじゃないだろ」

「卵焼きだよ。お昼のバイキングにあるでしょ」

どうということのない会話が嬉しい。コーヒーを一緒に飲んで、岸谷は外来に戻っていく。慶人もそのまま、センターに出る。それが毎朝の二人の儀式のようなものだ。ここでお互いの顔を見て、一日の英気を養う。

「なぁ、慶人」

「何？」

コーヒーを飲みながら、慶人は外を見ていた。桜はすっかり緑になり、木の下に涼しい木陰を作っている。

「おまえ、引っ越す気ないの？」

「引っ越し？」

「ああ。あそこ、狭いだろ？」

カップを片手に、岸谷がそばに寄ってくる。

「寝るだけならいいだろうが、生活となると……ちょっと狭いだろ？」

「そう……だね」

「だからさ……」

コンコンッとノックの音がした。

「はい」

「加賀美先生、お願いします」

「はぁい」

返事をして、慶人はカップを流しに置く。

「岸谷？」

岸谷ががっくりと頭をたれている。

「どうしたの？」

「なんでもない……」

慶人の隣にカップを置き、岸谷も一緒に部屋を出る。

「まだ九時前だよ？　ゆっくりしてったら？」

「いや……なんか、興が削がれた……」

ぱたぱたと手を振って、岸谷は外来棟に戻っていった。


「救急車入りますっ！」

救命救急センター初療室の外と繋《つな》がる搬入口の扉が大きく開かれていた。

「患者は四十代男性、現病歴は頭痛、意識障害、意識レベルはＪＣＳ100」

「お願いしますっ」

病院構内に入ってサイレンを止めた救急車が滑り込んでくる。すぐに後ろのドアが開き、ストレッチャーが引き出された。

「お疲れ様です」

慶人はステートをつけながら、ストレッチャーに近づいた。

「バイタルは？」

「血圧80／50、ハートレット63、呼吸数21、体温36・0。サチュレーション、酸素10リッターで99パーセントです」

「1、2、3」

救急隊のストレッチャーから、病院のストレッチャーに患者を移す。救急隊員からの報告を聞きながら、慶人は患者の上に屈み込んだ。

「駅の中の喫茶店で倒れたそうです。その直前に水をもらって、頭痛薬を飲んでいるのを喫茶店のスタッフが見ています」

ポケットからライトを出し、目を閉じたままの患者の目を開き、さっとライトで照らす。

「身体所見」

ナースがメモを取る。

「意識レベルGCS9、瞳孔3×3ミリ正円、対光反射あり」

慶人は顔を上げた。

「お疲れ様です。あとはこちらで診ます」

「ありがとうございます」

プレホスピタルレポートを置いて、救急隊が引き上げていく。患者は初療室に運び込まれた。

「ライン取って。とりあえず生食繋いで」

「はい」

「採血。血算、生化、血ガス。ポータブルでＥＣＧと胸腹部レントゲン」

「はいっ」

患者の意識は朦朧《もうろう》としているようだった。言っていることはわかっているようだが、自発的な言葉や開眼はない。

「脳血管ですかね」

慶人と一緒に日直を診ていたのは、若手の田川《たがわ》医師だった。救命救急専門のレジデントで二年目だ。

「その可能性は高いかな……。なんにしても、既往がわからないのは痛いね」

ナースが救急隊の運んできた患者の荷物を探っている。いけないことではあるが、患者の身元がわからないことにはどうにもならない。

「……免許証がありました。名刺もあるけど……この人のかなぁ……」

「ご家族に連絡取れるようだったら取って。既往が知りたい」

ナースが手早く輸液ラインを取り、生理食塩水を繋ぐ。

「モニターつけて。レントゲンは？」

「今、あっちの患者の方に出ていて。終わったら、こっちに回ってもらいます」

センターにポータブルは一台しかない。

「いいよ。バイタルは安定してる？」

「はい……少し血圧が上がりました。今、100／63です」

「じゃあ、頭部ＣＴに行けますね」

田川が言った。

「ＣＴ準備してもらいます」

「お願い」

頭痛からの意識障害。一番考えられるのは、やはり脳血管障害だ。特に頭痛というのが引っかかった。

〝成人男性が頭痛薬を飲むくらいの頭痛か……〟

「……加賀美先生、ＳＡＨですかね」

「うん……可能性はあるかな……」

「レントゲン準備できました」

いつの間にか、技師がポータブルを押してきていた。

「すいません、先生。お待たせしました」

「いいよ。よろしく」

技師がレントゲン撮影の準備を始め、慶人たちは少し下がった。

「加賀美先生、脳神経外科にコンサルトしますか？」

田川が言った。

「うーん……まだ早いかな。ＣＴの結果見てからにしよう」

「はい」

レントゲン撮影が終わり、一度外されていたモニターが再びつけられた。患者の反応は相変わらず鈍く、意識はあるようだが、言葉は出ない。

「ここがどこかわかりますか？」

ナースの呼びかけにも頷きはあるのだが、発声はない。

「加賀美先生、ＣＴ室準備できました」

「……胸とお腹のレントゲンできた？」

「なんか……モニターがトラブってて……。繋がり次第、ＣＴ室で見てください」

技師が申し訳なさそうに言う。

「さっきの落雷の影響かなぁ……」

「わかった。バイタル安定してるね？」

慶人がナースに声をかける。ナースが頷いた。

「問題ありません」

「じゃ、先にCT行こう」

患者を乗せたストレッチャーが動き始めた。


「お疲れ様ー」

コンビニのビニール袋を提げた岸谷がのんびりとした足取りで、センターに入ってきた。

「あれ？　忙しい？」

初療室が散らかっている。ナースの一人が振り向いた。

「あ、今二台救急車が入ったんで」

「あれ、悪いところに来ちゃったかな」

岸谷はコンビニ袋を差し出す。

「これ差し入れ。シュークリームが安かったから買ってきた。みんなで食べて」

「わぁ、ありがとうございます」

ナースが受け取り、冷蔵庫に袋ごとしまう。

「あ、加賀美先生ならCT室ですよ」

「え」

どうやら、岸谷といえば加賀美らしい。他のスタッフの前で名前を呼んだり、べたべたはしていないつもりだが、仲のいいことは知れ渡っているらしい。岸谷は苦笑しながら、手を軽く横に振った。

「別に加賀美先生に会いに来てるわけじゃないよ。救急車って何？」

「一台はアッペ疑いで、今エコーに入っています。もう一台は意識障害でCT室です」

「へぇ、うちに来るかな。意識障害ってどのくらい？」

「GCS9です」

「どんな感じ？」

「E1、V2、M6。意識はあるみたいですけど、言葉が出ない感じですね」

「ふぅん……」

「お待たせしましたー」

そこにセンター付きの技師が入ってきた。

「モニター繋がりました。レントゲン見られます」

「あ、俺見てもいい？」

さっきの患者の胸部と腹部のレントゲンだ。岸谷の申し出にナースが頷いた。

「どうぞ、こっちのモニターで見られます」

技師がさっとモニターを操作して、画像を出してくれた。

「あれ……名前入ってない」

「あ、まだわからないんですよ。出先で倒れたみたいで」

技師が言った。

「てことは、既往わからないわけね……」

岸谷はテーブルに手をついて、モニターをのぞき込んだ。

「男性？」

胸のレントゲンを見て言う。ナースが頷いた。

「四十代男性です」

「ふぅん……」

画像を見ていた岸谷の眉が小さく動いた。

「……加賀美先生が診てるんだっけ」

「はい、今ＣＴ室にいらっしゃいます」

「この画像、向こうでも見られる？」

「はい」

「サンキュ」

岸谷はＣＴ室に向かって走り出していた。


センターのＣＴ室は、センター内の一番端にある。岸谷はその操作室に駆け込んだ。

「終わった？」

「岸谷」

慶人がびっくりしたように岸谷を見てくる。

「どうしたの？」

「ＣＴ終わったか？」

「そろそろ終わります。異常なしで……」

「胸部撮って」

技師が言いかけるのを押さえて、岸谷が言った。

「頭撮ってるんだろ？　胸も撮って」

「岸谷」

慶人が言った。

「どうしたの」

「胸のレントゲン見た。こっちでも見られる？」

「あ、はい」

技師がスツールから降りて、モニターを起動した。

「どうぞ」

画像が出ていた。岸谷はその上縦隔の部分を指さす。

「ここ、拡大してないか？　それと……気管が右に偏位してる」

「見せて」

慶人がモニターの前に立つ。テーブルに手をついて、前屈みになり、画像を見る。

「……胸部のＣＴも撮って。造影で」

「胸部？」

田川がきょとんとしている。

「だって、意識障害って……」

「造影剤用意して。僕が刺すから、ナースは呼ばなくていいよ」

慶人はさっと身を翻して、ＣＴ室に入っていった。

「岸谷先生」

田川が困ったように見上げてくる。岸谷は少し笑ってから、表情を引き締める。

「まぁ……画像が出てからにしよう。俺の予想が当たっているとは限らないし」

ＣＴ室では、技師の介助で慶人が造影を始めていた。静脈に針を刺し、逆流を確認して、インジェクターのスイッチを押す。

「始めるよ」

慶人が操作室に戻った。ＣＴの作動音がして、撮像が始まる。

ＭＲＩと違って、ＣＴはすぐに画像が出てくる。

「……何かおごろうか」

慶人が画像を見ながら言った。

「別に貸しなんて思っちゃいない」

岸谷が笑った。

「循環器の知識が錆《さ》びついてなくてよかったよ」

「加賀美先生」

田川が待ちきれないように言った。

「なんなんですか？　この患者さん……」

「ＣＴ見えてるでしょ」

「見えてますけど……え……っ」

輪切りになった人体。白く造影された上行大動脈の周りを、まるでドーナツのように黒い輪が囲んでいる。

「これ、解離腔……」

「スタンフォードA型の急性大動脈解離だね。危なかった」

慶人はすぐにPHSを取り出し、古巣である心臓外科に連絡を取り始めた。

「でも、大動脈解離で意識障害って……」

田川が呆然としている。

「スタンフォードA型は近位部が解離するだろ？　その解離が心嚢《しんのう》内に波及すると、心タンポナーデから閉塞性のショックを起こして、脳血流が減少するから、意識障害が起きることがあるんだよ。まぁ……珍しい症例ではあるけどな。俺もたまたま雑誌で見たことがあるだけだ」

岸谷が説明した。慶人が電話を切って振り向いた。

「OK。心臓外科が取ってくれるって。心エコー撮ってもらうから、心臓外科外来から迎えに来てもらうよ」

「あ、俺、針抜いてくる」

岸谷は身軽にＣＴ室に入った。

「はい、お疲れ様でした。針を……」

言いかけて、岸谷ははっとして手を止めた。

「まさ……か……」

『岸谷？』

「そんな……まさか……っ」

『岸谷、どうしたの？』

岸谷の声をマイクで拾ったらしい慶人の声。いつまで経っても針を抜こうとしない岸谷に、慶人がＣＴ室に入ってきた。

「どうしたの？」

さっと手を伸ばして、患者の手から針を抜き、モニターを確認する。

「バイタル安定っと……岸谷、どうしたの？」

「……三宅先生……」

「え……？」

岸谷は目を幾度も瞬《しばた》き、信じられないものを見る目で、患者を見ている。

「これ……三宅先生だ……」

「ちょっと待って」

慶人は岸谷をCT室から引っ張り出した。

「田川先生、あとお願いしていい？　心臓外科外来から心エコー撮るために迎えが来るから、申し送りして。カルテは僕が入れておくから」

「は、はい」

CT室に入ってきた田川をその場に残して、慶人は岸谷の腕を引っ張り、廊下に出た。

「どういうこと？　今の患者さん、知ってるの？」

「慶人、おまえ気づかなかったのか？　あれは……三宅先生だ」

「……本当に？」

岸谷が大学から追われる原因を作った張本人が三宅医師だ。

「でも、関西にいるって……」

「だから、俺も混乱してる……。あれから……なんのコンタクトもなかったから、もう終わったものだと……」

心臓外科外来のナースが二人、近づいてきた。慶人は岸谷の袖を引いて口を封じると、CT室の中に戻った。一人廊下に残されて、岸谷はただ呆然と立ち尽くしていた。

大動脈解離と診断された三宅医師は、そのまま入院し、緊急手術を受けた。

「……間違いなく本人だね」

心臓外科病棟のナースステーション。カルテを参照しながら、慶人は言った。岸谷が頷く。

「三宅真一《しんいち》……間違いなく、三宅先生だよ。年齢も……住所も合ってる」

「ご家族がいらしてる。会う？」

手術は無事終わり、すでに意識も回復しているらしい。

「いや……会っても話すことないし」

岸谷が言葉少なに言った。

「どこで倒れたって？」

「駅の近くだって聞いてる。喫茶店で倒れたって」

「駅……か」

この街に空港はない。関西と結ばれる交通機関はＪＲだけだ。

「……」

ナースステーションのそばを家族連れが通っていった。ナースに案内されて、ＩＣＵに入っていく。

「あれがご家族だよ。先生の様子知りたいなら、心臓外科に聞けるけど」

「いや……いい」

岸谷はカルテを閉じ、ふらりとナースステーションを出た。慶人はその後を追う。

「岸谷……」

「先に帰る。今日は当直ついてないよな」

「うん……遅番だから、午後八時まで」

慶人は誰も周りにいないことを確認して、そっと岸谷の腕に触れた。軽く額をそこにつける。優しい甘えた仕草だ。

「……帰りに行くから」

「わかった……」

岸谷は少しこわばった笑みを浮かべると、慶人の髪をふわりと撫でる。

「待ってる」

後ろから抱かれるのは、少し不安だ。彼の顔を見ることができないから。でも、逆にそれだけに、感覚だけに意識を集中してしまうので、いつもよりも快感が深い。

「あ……ああ……っ」

喉をのけぞらせて、甘い声を上げてしまう。慶人を後ろから抱きしめている岸谷が深い吐息を漏らした。

「あ……あ……ん……っ！」

きつく揺すり上げられて、高い声が漏れる。太ものの内側にとろりと熱い雫《しずく》が滴った。

「ごめん……」

彼が耳の後ろにキスをしてくれる。慶人を背後から抱いたまま、ベッドに横たわった。慶人もふうっと息を吐いて、胸の前で重なった彼の手を抱きしめる。

「きつかっただろ……」

「そんなことないよ……」

頭の芯がぼうっとしている。彼とのセックスにも慣れてきたけれど、たまにこんなふうに意識が白く飛んでしまうことがある。

基本的に岸谷は優しい。初めての時から、慶人を気遣ってくれた。しかし、時に感情のままに慶人を抱くことがある。そんな時は身体はきついけれど、彼が心を任せてくれたようで、少し嬉しくなる。

「何か飲むか？」

岸谷がベッドから抜け出ようとするのを、慶人はその手を抱きしめることで押さえた。

「いらないから……少しこうしてて」

彼の体温が好きだ。慶人よりも高めで、その肌に触れていると温かくて、とろりと眠くなってしまうほどだ。

「……俺もこのままの方がいい」

岸谷のマンションだった。いつもは広すぎて寒く感じるほどの部屋だが、このベッドルームだけは空気がとろりと甘く、温かい。

「……さっき帰ってから、メール見たんだ」

慶人を抱きしめたまま、岸谷がぼそりと言った。

「メール？」

「ああ。病院からもらったメアドの」

慶人はゆっくりと身体の向きを変えた。岸谷と額を合わせる。

「それで？」

「……メールが入ってた。三宅先生からの」

病院から配布されるアドレスは類推がしやすい。自分の名前に病院のドメインがついている形なので、慶人の場合は、kagami@の後に、病院のドメインがついている。岸谷ならkishitani@だ。

「俺に会いに来るっていうメールだった」

「え……」

「関西脳神経外科病院を退職して、開業するらしい。そのビジネスパートナーになってほしいっていうメールだった」

「そんな……っ」

「なんか……あの人も後がないらしい。カテの持ち出しから何かが狂ってきたんだろうな……学会にも噂《うわさ》は広まっているから、あの人の名前じゃ、もう人が集まらないんだ。だから、俺の名前だけでも貸してほしい……そんな内容だった」

慶人を胸の中に抱きしめて、岸谷が深いため息をついた。

「なんだか……つらいよ。悪い人じゃないと思ってた。学会発表もちゃんとしていたし、腕もちゃんとある人だ。どこで……狂い始めたんだろう」

「……君が気にすることはないよ」

岸谷は優しい。包容力もあるし、いつも凜として、背筋を伸ばしている。彼のそばにいれば大丈夫だ……そんな信頼感を抱かせてくれる。しかし、それが裏目に出てしまうこともあるだろう。彼に吸い寄せられる人間すべてが愛すべきものではないということだ。

「君は……君の心の命じるままに行けばいい。君が……行きたいと思うところへ行けばいい。僕は……ずっとついていくよ」

「慶人……」

「僕は君の半身だよ。君の行くべき場所は僕の行くべき場所。君は迷う必要はないし、後ろを振り返る必要もない。ずっと……僕はそばにいるよ」

一度離れてしまった手は、二度と離さない。触れ合おうとしてすり抜けてしまった手がやっと出会えたのだ。もう決して離さない。

「……ああ」

慶人の口元にキスをして、岸谷がようやく笑った。

「慶人は……俺の何もかもがわかっているんだな」

「え？」

「俺が……何を言ってほしいのか、おまえはちゃんとわかってるんだな……」

ＣＴ室で三宅を見た時、胸がずきりと痛んだ。家に帰って、懇願するようなメールを見て、心が揺れた。

「俺のせいで……あの人が病んでしまったような気がした」

三宅は岸谷に会いに来て、病に倒れた。生死の境をさまよった。

「気がしただけだよ」

慶人は愛しい恋人の髪を撫で、頬を撫でる。

「忘れないで。人は自分の運命を生きるだけだよ。他の誰にも肩代わりはできない。君が自分の運命を受け入れたように、あの人も自分の運命を受け入れるしかないんだよ。君が……代わってあげることはできない」

慶人が自分に背負わされたものを受け入れたように。岸谷は目を瞬き、それから、優しく微笑んで、愛しそうに慶人の頬にキスをした。

「……そうだな」

おまえともう一度出会えて、こうして愛し合えるようになったのも、きっと運命だ。そして、その運命を切り開くのも、自分の力だ。誰もそれを代わることはできない。

「そう……だな」

ふんわりと優しく抱き合うと、お互いの体温で眠気が差してきた。

「眠くなった……?」

慶人がそっと岸谷のまぶたに手のひらを当てる。

「ああ……」

慶人を抱き込んで、岸谷は目を閉じる。

「……寝よう」

明日はきっと晴れる。今日は雨模様だったけれど、明日はまた晴れる。

きっと晴れる。

ACT 8

よく晴れた空から、ヘリが舞い降りてきた。ローター音が高く響き、ぴんと張り詰めた朝の空気を震わせる。

「よ、お帰り」

ヘリの横腹が開き、慶人が降りてきた。風に舞う髪を押さえながら顔を上げると、白衣を翻した岸谷が立っている。

「ただいま。あ、患者さん、すぐに初療室に。野木先生と整形の広瀬《ひろせ》先生が待ってるから」

「はぁい」

フライトナースが返事をした。やはり待っていた田川医師とともに、ストレッチャーを押していく。

「のんびりだな」

「そう思ったから待ってたんでしょ」

今日のフライトは、無医村で起きた交通事故だった。朝、畑に行こうとした軽トラックが運転を誤って側溝に転落し、運転していた農夫が大腿骨を骨折したのだ。患者が高齢だったため、救急車では病院まで一時間近くかかるということで、移動時間の短いヘリが呼ばれたのだ。ランデブーポイントに着くと、患者はすでに足を固定されて、救急車で待っていた。慶人は患者のバイタルを確認し、骨盤骨折や腹腔内損傷がないことを確認して、ヘリに乗せてきたのである。

「もしかしたら、骨折もないかも。不安定性なかったし、時間とともに痛みが軽減してるから」

「じゃあ、無駄足か？」

「そんなことないよ。血圧が高くてね、全身状態はいいとは言えないから、管理入院した方がいいと思う」

「そっか」

ヘリポートから降りようとして、ふと岸谷が隣の屋上に目をやった。病棟の屋上だ。

「あれは……」

「どうしたの？」

「いや……」

岸谷は軽く首を振り、慶人の背中に手を回した。

「行こうぜ。急に曇ってきた。雨にならないといいな」

「うん……」

二人は並んで、ヘリポートを降りた。


岸谷は大きく息を吸い込んでから、コンコンとドアをノックした。

「はい」

低くかすれた声が聞こえた。

「どうぞ」

「失礼します」

手の震えを押さえて、横引きのドアを開ける。

「やぁ……やっと会えたね」

シンプルな個室。ベッドの上にいる人が、窓の方から振り返った。ベッドは半分起こされている。

「……お元気なようですね」

岸谷はドアのそばから言った。ベッドの上の人が笑う。

「元気だったら、こんなところにいないよ」

ベッドのヘッドボードにある名札の名は『三宅真一』。岸谷を再三誘っていた三宅医師だった。

「一般病室に移っておられたんですね……」

岸谷は一歩踏み出した。三宅は、あのカフェで見た時よりかなり痩《や》せたようだった。顔色は悪くないが、岸谷の記憶より一回り小さいような気がした。

「ああ……ＩＣＵは術後一週間だ。ここに移って、もう十日になる」

部屋はさっぱりと片付いていた。医師の病室なのに、花のひとつもないのが寂しい。彼が周囲から見放されているというのは、本当なのかもしれない。

「……君が助けてくれたらしいな。心臓外科の高野《たかの》先生がそう言っておられた。君は……いい目をしているって、褒めてたよ。私が北都の出だと知って、北都出のうちの脳外科医は優秀だってね」

「たまたまです」

岸谷はベッドサイドに立った。見下ろす形になるのがなんだか苦しくて、椅子に座り、少し背中を丸める。

「俺の……救命救急での指導をしてくれている医者が……俺の大学の同級生ですが、とても優秀なので」

「加賀美先生……という先生かな。その名前はよく聞くよ。とても人気のある先生みたいだな」

「優秀ですし……容姿もいいですから」

「そうか……」

二人はぽつりぽつりと話す。岸谷は、こんなに穏やかな気持ちで三宅を見られることが不思議でならなかった。あれほど、岸谷の心を乱した人なのに、なぜか恨み言のひとつも言う気になれなかった。病床の彼が弱々しく見えたからではない。岸谷の中で、何かが変わったのだ。

「さっき……屋上で見ていましたよね」

ヘリポートで慶人を迎えた時、隣の屋上に人影が見えた。遠目に見ても特徴のある立ち姿。少し右に傾くような肩の線に見覚えがあった。

「ああ。ドクターヘリは北都にもあったが、あんなに近くで見たのは初めてだよ。朝早くから飛んでいるんだな」

「あれに乗っていたのが加賀美です。俺の大学時代の同級生で、もとは心臓外科の出身です。今は救命救急の専門医ですが」

「激務だな」

「ええ。でも、俺もやってみたいと思っています。今、フライトドクターの研修を受けています。もうじき、終わりますが」

「そうか……」

三宅が窓の外に視線を移した。

「君は……もう私とは違う世界に生きているんだな……」

「先生」

岸谷は静かな声で言った。

「きっと……初めから違っていたと思います。俺と先生は」

「痛いことを言う」

三宅が苦笑する。

「……そうだな。君は出ていくついでに、カテを持ち逃げしたりしない」

ふうっとため息をついて、三宅は言った。

「……言い訳はしないよ。確かに、私は恥ずかしいまねをした。今では、半ば学会からも除名状態だ。もう、大きな病院で脳外科医としてやっていくことはできないだろう。開業も考えたが……君の名前を借りようとした罰が当たったな。このざまだ」

「先生は医師としては優秀な方だと思います」

だから、彼がその名を汚すことが許せず、悲しかった。

「……できることなら、もう一度白衣を着ていただきたいと……思います」

岸谷はすっと立ち上がった。

「あまり長居をしてはお疲れでしょう。そろそろ失礼します」

「ああ……わざわざありがとう」

頭を下げて、ドアに向かいかけた背中に、三宅が声をかけてきた。

「岸谷」

「はい」

ドアの方を向いたままで、返事をする。

「……退院してリハビリが終わったら、家族と一緒に……こんな私でも必要としてくれる場所に行くつもりだ」

三宅は優秀な医師だ。彼の手をほしがる病院はまだあるだろう。医師が足りない場所はまだたくさんある。

「こんな病気になって……いいことがひとつだけあったよ」

「なんでしょうか」

振り返らずに尋ねる。

「家族が戻ってきてくれた」

それがこのさっぱりと片付いた部屋かと納得する。

「家族と一緒にやり直すよ」

「はい」

岸谷はドアに手をかける。

「……お大事になさってください」

「ああ、ありがとう」

ドアを引き開ける。白い廊下がまぶしい。

「もうお会いしません」

「ああ、それがいいね」

岸谷は過去に別れを告げる。背負い続けてきた過去を今断ち切る。このドアを閉めたら、すべてが終わる。

「どうぞ、お元気で」

そして、返事を聞くことなく、岸谷はドアを閉めた。

カフェは少しクーラーの効きが甘い。

「ここ南向きだろ？」

迷うことなくアイスコーヒーのボタンを押しながら、岸谷が言った。

「確かにそうだけど、暑いのはそれが原因じゃないよ」

慶人が肩をすくめ、自分はホットのボタンを押す。暑さには強くないが、クーラーも苦手なタイプだ。飲み物も真夏でもホットである。

「ここ、作りが甘いからねー。もともとなんにもなかったところに大急ぎで作ったものだから、ほとんどプレハブに毛が生えた程度なんだよ。クーラーがあるだけ御の字」

窓を開けていると暑くて仕方がない。温風が吹き込んでくる感じだ。

「俺がここに来た時は、まだ寒かったのにな……」

「ああ、そうだね」

岸谷がここに赴任した時は、まだ桜のつぼみも膨らまない頃だった。今はもう、桜もとうに終わり、緑の葉が深く茂っている。

「そういえば、次の休み、いつだよ」

アイスコーヒーの氷抜きという面妖《めんよう》なものを飲みながら、岸谷が言った。

「ここ、夏休みとかあったっけ」

「あるよ。七月から九月の間にシフト組んで、五日間取れる。まぁ、僕は取ったことないけど」

慶人はあっさりと答えた。岸谷がびっくりして目を見開く。

「夏休み取らないって……なんで？」

「取ったって行くところないもの。あの狭い部屋でごろごろしてるくらいなら、クーラーの効いた職場にいる方がいいよ」

「……なぁ、慶人」

周りをそっとうかがって、誰の耳もないことを確認すると、岸谷はそっと言った。

「その狭い部屋だけどさ……引っ越す気ない？」

「どこに？　部屋探してる暇なんてないよ？」

だいぶましになったとはいっても、慶人の勤務はやはり激務だ。フライトドクターも救命救急医も圧倒的に足りないので、週に三日は泊まりやら早番だし、他にも遅番があったりで、普通勤務というのは珍しく、日曜日にきっちり休めることもない。

「だから……近くにいい物件があるじゃないか」

「近くに？　物件？」

きょとんと目を見開く。

「あったっけ」

ああもうと、岸谷は頭を抱える。

「おまえの鈍感も、そこまで来ると罪だぞ」

「鈍感？　僕が？」

慶人はコーヒーをふうふうと吹きながら、考えている。

「どっか空いてたっけ……」

「慶人」

岸谷が慶人の腕を軽くつかんだ。ひょいと緩い力で引き寄せる。

「ちょ……っ」

人目があったらどうするのだと焦る慶人の耳元で、そっとささやいた。

「俺んち、来いよ」

「え……え？」

慶人はより大きく目を見開く。今にもこぼれ落ちそうだ。

「岸谷……」

「住所はそのまま置いときゃいい。どうせ、固定電話も引いてないんだ。不都合はないだろ？」

「あの……一緒に……住むってこと？」

確かに岸谷のマンションは広い。二人で住んでもおつりが来る。

「部屋は空いてる。ベッドはひとつしかないが……まぁ、問題ないだろ」

あっさりと言われて、慶人は耳まで真っ赤になった。確かに、彼のマンションにいる時は彼のベッドで一緒に寝ている。慶人のマンションにいる時だってそうだ。

「……うん」

ずっと一人だった。一人でいることが当たり前で、これからも一人だと思っていた。彼が慶人の人生に飛び込んでくるまでは。

「一緒にいたい」

彼は真摯《しんし》にささやいてくれる。

「慶人とずっと一緒にいたい」

互いを半身と決めたから、ずっと一緒にいる。それはごく自然なことだ。そのことに、岸谷は気づかせてくれる。ごく簡単な言葉で。

一緒にいたい。だから、一緒にいよう。すれ違いだっていい。たった五分でも同じベッドで眠れて、お互いの暖かさを感じられればいい。それだけで、一日頑張っていく気力になる。疲れた心と身体を休める場所になる。

慶人は小さく頷いた。

「……ありがとう」

僕は何度君に恋をすればいいのだろう。君が次々に魔法のように繰り出してくる言葉に、僕は翻弄されっぱなしだ。それは初めて会った時から、あの真夏の五分間から始まった。何度も何度も君に恋をする。君は気づいていないかもしれないけれど、僕はもう数えることもできないくらい何度も君に恋をした。そして、きっとこれからも恋をする。君の言葉に、君の瞳に、君の心に。

何度も何度でも恋をする。君は僕の一生の恋人。永遠に愛し続けることのできるたった一人の人。

僕は何度でも、君に恋をする。

きっと永遠に。

エピローグ

砂埃を立てて、ヘリが降りていく。ヘリが下に着くか着かないかのうちに、横腹のドアが開いた。

「先行くよっ」

元気のいい声がして、長身の医師が飛び降りていく。

「こちらです……っ」

救急車のそばで、救急隊員が手を振っている。

「お疲れ様。葛城総合病院救命救急センター岸谷です。傷病者は？」

「こちらです。ケンカらしくて……発見された時には、相手はすでに逃げていて、この人だけが倒れていました」

傷病者は若い男性だった。救急隊員によって、すでに衣服が切られており、左前胸部に開いた刺し傷が見えた。

「意識レベルＪＣＳ二桁《けた》、皮膚蒼白《そうはく》、橈骨《とうこつ》動脈触知は……なし」

岸谷はぱっと振り向いた。

「すぐ運ぶ！　ストレッチャー移し替えてっ！」


ヘリは五分で病院にとって返した。傷病者はすぐに初療室に運び込まれ、ダメージコントロールと呼ばれる応急処置が始まった。

「ライン取って。ラクテック繋いで、モニター装着」

「呼吸停止っ！　挿管するっ！」

救急ワゴンが滑ってくる。マッキントッシュを手に取ると、岸谷は傷病者の頭側に回り、気管内挿管をした。

「加賀美っ！」

「出血性ショックだね」

初療室で待っていた慶人が、傷病者の胸に当てていたステートを耳から外し、くるりと首にかけた。

「開胸する。ライトとセット、急いでっ！　野木先生、麻酔お願いしていいですか」

「了解」

初療室での開胸が始まった。刺された傷を延長して、第三肋間で開胸する。

「胸腔内に多量の出血。吸引する」

ざっと音を立てて、血液が吸引瓶に吸い込まれる。

「左上肺葉に損傷……ちょっと待ってっ」

慶人がメスを取った。

「開創器かけ直すよ」

そして、傷を大きく下に開いた。華奢《きゃしゃ》な身体からは信じられないような力で胸腔を開き、開創器をかけ直す。

「……あった」

慶人のつぶやきに、野木と岸谷がのぞき込む。

「心臓に傷が……っ」

「手術室大至急で準備。ここじゃ無理だ。このまま手術室に上げるっ」

「やっぱり、おまえ、心臓外科医だなぁ……」

慶人の医局で、岸谷はソファにひっくり返っていた。

「よく心臓刺創まで頭が行ったよな。俺だったら、肺損傷だけ閉じて、閉胸してた」

「そんなことないでしょ。左胸刺されてたら、心臓損傷考えるのは救命救急の常道だよ」

慶人はその岸谷を膝枕して、のんびりとコーヒーを飲んでいる。

「駆け出し救命救急医、肝に銘じておきます」

ぱっと起き上がって、岸谷は慶人の前で頭を下げた。慶人が笑い出す。

「態度のでかい駆け出しだね。僕の医局で寝そべってる」

「仕方ないだろ？　俺の医局、まだ空かないんだから」

無事フライトドクターの研修を終えた岸谷は、九月から所属を脳神経外科から救命救急センターに変えた。脳神経外科の医師が足りないので、外来は診るし、オペにも入るが、所属は救命救急センターだ。ただ、医局の数が足りないので、今のところ、慶人の医局に同居している。

「一人でのフライトにも慣れたみたいだね。ナースの金井くんが、もう立派なフライトドクターですって褒めてたよ。あとはヘリが着陸するまで待ってもらえれば完璧《かんぺき》だって」

岸谷は子供のようにへへっと笑った。

「金井くん、しっかりちくってたのか。だってなぁ、もう地べた目の前じゃん。飛び降りた方が早いんだもんなぁ」

「パイロットが肝冷やしてるみたいだから、それはやめてあげてね」

窓から吹き込む風はもうすっかり秋のものだった。空には鰯雲《いわしぐも》が広がり、そよそよと涼しい風が吹いている。緑の濃かった桜も少しずつ葉が赤くなり始めている。

「そういや……」

またごろんと横になって、岸谷は慶人の太ももの上に頭を乗せた。この部屋にソファ二つは置けないので、このソファは二人の兼用だ。

「……三宅先生からメール来たよ」

「……そう」

夏に大動脈解離で救急搬入され、緊急手術を受けた三宅医師は順調に回復し、術後三週間で退院していった。

「九州の方で、職が見つかったってさ。小さい病院だけど、結構脳梗塞《のうこうそく》とか多くて、あの人のカテテクニックが役立ってるみたいだ」

「それは……よかったね」

岸谷がようやく過去を振り切ったことが、慶人は嬉しかった。三宅のことを話す岸谷の顔は穏やかだ。相手が亡くなってしまうことによって、感情の行き場をなくし、ただ母を恨むことしかできなかった自分と違って、岸谷は過去を振り切ることができたのだ。

「なぁ……」

一緒に取った夏休みで、慶人は岸谷のマンションに引っ越していた。住所はもとのマンションに置いたままだが、生活の基盤は完全に移してしまった。同じ救命救急センターに勤めているとはいっても、シフトの関係ですれ違いも多い。それでも、同じ家に帰れるメリットは大きかった。たとえ五分でも重なり合う時間があれば、十分だった。その時間を共に過ごし、相手の顔を見るだけで安心することができた。

「今度の休み……どっか行こうか」

「……そうだね」

二日と続く休みは取れない。二人が同時に取れる休みはたぶん一日だけだ。

「それなら……」

慶人はふっと顔を上げた。鰯雲を浮かべた青い空は秋の色で、夏の息苦しいまでの深い青ではなかったが、この空の高さはあの夏を思い出させる。

「あの……河原に行きたいな」

「河原？」

問い返して、すぐに岸谷は気づいたらしい。

「……いいな」

君と初めて会ったあの夏の川にもう一度行ってみよう。流れる清流を、きらきらとまぶしく輝く川面を眺めて、あの夏を思い出そう。

そして、もう一度彼に言うのだ。

ゆっくりとかみしめるように、彼の整った横顔に。

「きっと……いい医者になれる」

人の命の尊さに初めて触れたあの場所から。

もう一度、歩き出そう。

君と一緒に。

二人でいること

ふと、温《ぬく》もりを感じて目を覚ました。

いつの間にか、君が帰っていて、僕の隣で眠っていた。

安らかで健やかな寝息が聞こえる。僕の右腕を抱きしめるようにして、君が眠っている。

今日は一日顔を見られなかったけれど、元気だったんだね。僕は少し寂しかった。

すれ違う日々が続いても、こんなふうに一緒に眠れるなら、大丈夫だと思った。

話さなくてもいい。食事を一緒にとれなくてもいい。こんなふうに体温を分け合って眠れたら、それだけで満たされた気持ちになれる。

僕は思う。

これが二人でいることの意味なんだって。


「本当にものがないんだな……」

大きめのワゴン車をわざわざ借りて、迎えに来てくれた岸谷《きしたに》が、呆《あき》れたように言った。

「……だから、ワゴン車なんて、いらないって言ったでしょ」

情けなさそうな口調で、慶人《けいと》が答える。

「僕のことは僕が一番よくわかってるもの。ここには寝るために帰ってきていただけだもの。医局の方がずっと私物が多いと思うよ」

「まぁ……いいけどな。大は小を兼ねるだ」

五年間暮らした小さなマンションから、岸谷の住むマンションに引っ越すことになって、慶人は私物の整理を始め、改めて、自分の生活感のなさにびっくりしていた　本が段ボールに二つ、衣類が衣装ケースに二つ。荷物といえるものはそのくらいしかなかった。家具も作り付けのもので用が足りていたので、移動しなければならないのはベッドくらいのものだ。そのベッドだけを運送屋に頼み、慶人は身軽に岸谷のマンションに移ってきた。がらがらのワゴン車から荷物を降ろし、二回くらい運んだら、引っ越しは終わってしまった。

「やっぱり広いね……」

岸谷は、物置に使っていたフローリングの部屋を慶人に空けてくれた。十畳の広さがあり、ウォークインクロゼットがついているので、荷物を全部片付けて、ベッドを置いてもおつりが来る。

「ファミリー向けだって？」

「らしいな。まぁ、家族で入っているのはいないみたいだけど」

岸谷が肩をすくめて答えた。このマンションは葛城総合病院がドクター用に借り上げているものだ。葛城総合病院から十分な給与をもらっている医師なら、何も病院の縛りを受ける借り上げに住まなくても、自分の好みの賃貸か、分譲住宅を選ぶ。家族がいればなおさらだ。そんなわけで、このマンションには借り上げの部屋が三つあるが、すべて独身の医師が住んでいる。

「……同僚と顔合わせちゃうかな……」

今までカウンターで食事をすませていた岸谷だったが、慶人が住むというので、二人用のダイニングテーブルを買った。そこに向かい合って座り、慶人が持ってきた電気ポットのお湯でコーヒーをいれる。

「合わせないよ。棟が違うし、生活時間帯も違うみたいだから。少なくとも、俺は一度も会ったことない」

岸谷がカウンターの物入れから引っ張り出したのは、もらい物のドリップコーヒーだった。一人だと面倒くさくて、ついインスタントをいれてしまうが、二人なら、その面倒もなんとなく楽しい。

「キリマンとブラジル、どっちがいい？」

「ブラジル」

カップを二つ出して、コーヒーをいれる。

「カップ、わざわざ買ったの？」

カップのうち一つは新しいものだった。ウエッジウッドのドルフィンホワイトだ。

「ああ、それももらい物。結婚式の引き出物だったんだ」

コーヒーがはいった。二人は顔を見合わせ、チンとカップを軽くぶつける。

「乾杯」

岸谷が笑った。

「しかし……家出人より荷物が少ないぞ。おまえ、よく生活できてたな」

「うーん……本当に寝に帰るだけだったからね。食事もしないし、お風呂《ふろ》も病院でシャワー浴びるか、ジムについてるお風呂使ってたから、マンションの風呂は使わなかったし」

慶人は興味津々の顔で、岸谷の部屋を見回している。来たことは何度もあるが、ほとんどが仕事の終わった後の夜だ。昼間の部屋はあまり見たことがない。

岸谷のマンションは3ＬＤＫだ。広いリビングダイニングとそれに繋《つな》がるキッチン、慶人がもらった十畳の部屋とベッドルームに使っている八畳の部屋、そして、書斎にしている部屋だ。

「テレビもないとか？」

「……見ないもん。ニュースとかネットで用が足りるし、それ以外は見ないもの」

岸谷の部屋には、大きなテレビがあった。オーディオも一通り揃《そろ》っていて、きちんとした部屋という感じだ。

「……ま、いいか。おいおい人間らしい生活をさせてやるよ」

「何それ」

慶人は自分が人間性を捨てた生活をしていたとは思わない。ただ、いろいろな意味で余裕がなかっただけの話だ。いや、これからも余裕はないかもしれない。ここに住んだからといって、生活自体が大きく変わるわけではない。ただ、一人で住むのではなく、二人で住むだけの話なのだ。

「岸谷」

「なんだ？」

今日の晩ご飯をそばにしようと、岸谷がキッチンの戸棚をごそごそ探している。これももらい物のそばがあるらしい。鍋《なべ》やフライパンが一通り揃っているのにも驚いた。慶人のキッチンにあったものは、この電気ポットひとつだけだ。

「いまさらだけど……僕、ここに来てよかったのかな……」

「え？」

キッチンの戸棚の前で、岸谷が振り向いた。いつもの白衣姿ではなく、Tシャツにストレートのデニムという姿は、彼をまるで学生のように見せていた。

「何言ってるんだ？」

「だから、いまさらだって言ってる」

慶人は少し視線を落とした。

「……僕たちは医者だよ。時間が不規則で、場合によっては二日も三日も家に帰れなくなる。呼び出しもあるし、曜日だって関係ないシフトで動く。それに、僕と君は所属する場所が違う。勤務が全くかみ合わない。一緒に住んでいたって、どのくらい一緒にいられるか……」

「俺、近々センターに異動させてもらう。そうすれば、もう少し……」

「変わらないよ」

慶人は首を横に振った。

「かえって、時間が合わなくなると思う。センターは激務だよ。フライトだって、今までのように一緒になんて飛べなくなる。センターにいて、一週間以上顔を見ていないドクターだっている。シフトがずれると、本当に会えなくなるんだ」

「だから、二人で住むんじゃないか」

岸谷が宥《なだ》めるように言った。

「一つの家に帰れば、別々の家に帰るよりは一緒にいられる。俺は少しでも、おまえと一緒にいたい」

「でも、呼び出しを考えてよ。一度の呼び出しで起きるのは一人じゃない。二人とも目を覚ましてしまう。身体《からだ》が保《も》たないよ……」

「慶人」

岸谷はひどくまじめな顔をしていた。

「それで、おまえは起こされるのが嫌なのか？」

「そうじゃない……っ」

どうして言い合いになってしまったのだろう。慶人は泣きたくなる。こんなことを言いたいのではない。そうじゃなくて。もっと、彼を大事にしたいだけなのに……。

「そうじゃなくて……」

慶人が言いかけた時、携帯の着信音がした。岸谷がふっと視線を外し、自分のポケットを探る。

「はい、岸谷」

取り出したのは、病院から貸与されている携帯だった。

「はい……はい……わかった。すぐに行く。たぶん、アンギオになるから、技師さん呼んで、アンギオ室準備しといて」

電話を切り、岸谷は振り返った。

「呼び出し」

「あ……うん……」

慶人は言いかけた言葉を飲み込んだ。コーヒーが少しずつ冷めていく。

「行ってくる」

岸谷は戸棚を閉じると、テーブルの上のかごに入れてあった車のキーを取った。

「うん……気をつけて」

慶人の言葉に返事をせず、岸谷は玄関に向かった。慶人は無意識に後を追う。

「岸谷……」

「慶人」

ドアに手をかけて、岸谷が振り返った。驚くほど、その視線が冷たい。身体の底まで冷えてしまいそうな、その視線。

「俺、無理強いはしないから。おまえが嫌なら、帰っていいよ。荷物なら、後で運んでやる」

「岸谷……っ」

「……俺が突っ走りすぎたんだな。悪かった」

「待って……っ」

ドアが閉じた。冷たい音を立てて。


いつの間にか眠ってしまっていた。慶人は見慣れない天井を見上げて、少しの間ぼんやりしていた。

〝えっと……〟

ここはどこだったかと考えて、岸谷のマンションだったと思い出した。

「引っ越してきたんだった……」

岸谷が病院に呼ばれていって、すぐにベッドが届いた。

出がけの岸谷とケンカをしてしまった。心がすれ違って、彼をひどく傷つけてしまった。出ていくなら今しかない。ベッドを送り返して、そのまま自分ももとのマンションに戻る。しかし、その決断をできずにいる間に、ベッドは据え付けられ、業者はさっさと帰ってしまった。

「どうしよう……」

迷っていても仕方がない。シーツとカバーを整えようと悪戦苦闘しているうちに、ベッドに寄りかかって眠ってしまったようだった。

「風邪《かぜ》ひくぞ」

突然、背後から声がした。びっくりして振り返る。

「岸谷……」

いつの間に帰ってきたのか、岸谷が立っていた。少し疲れた顔をして、目の下がうっすらと黒く見える。

「……お帰り」

慶人はうつむいて言った。と、次の瞬間、彼に抱きしめられていた。ベッドの上に引きずり上げられるようにして、彼に抱きしめられた。

「岸谷……」

高い体温に触れただけで、身体がふわっと浮き上がるようだ。慶人は彼の背中に腕を回していた。両手で広い背中を抱きしめる。

「……帰らなかったんだな」

頰《ほお》にキスをして、彼が言う。

「慶人がいなかったら……どうしようって思ってた。帰ったら、また俺一人の部屋だったらどうしようって」

子供のように言う彼に、慶人は微笑《ほほえ》む。

「……帰れなかった」

「慶人……」

「岸谷の顔見るまで……帰れなかった。岸谷に『お帰り』って……言いたかった」

疲れて帰ってきた君にたった一言を言いたかった。すべての愛《いと》しさを込めて言いたかった。だから、僕は……ここにいた。君を待っていた。

唇を交わす。あり余る愛しさを込めて、キスを交わす。言葉と吐息を奪い合って、お互いの素肌を探る。

「抱いて……いいか？」

耳元にささやかれた彼の言葉に、慶人はこくりと頷《うなず》く。彼の頬に手を触れ、そっとその唇にキスをする。

「……いいよ」

彼が、慶人の裸の胸に顔を埋めてきた。薄いピンク色をした乳首にキスをし、少し痛いくらいに吸ってくる。

「あ……ん……っ」

ふうっと素肌が熱くなった。さざ波のように、彼の熱が注ぎ込まれてくる。

「慶人……」

彼の手が慶人の胸を撫《な》で、すうっと手のひらを下へと滑らせる。

「おまえ……あったかいな……」

「君の方が……あったかいよ」

彼の肩に頬をつけて、きゅっと抱きしめる。

「キス……したい」

彼の甘い懇願。唇を合わせ、誘われるままに舌を深く絡ませる。

「ん……ん……っ」

彼の大きな手のひらが、慶人の実り始めた果実をゆったりと包み込んだ。優しくさすり上げられて、思わず喉《のど》が鳴る。

「あ……あん……っ！」

「かわいい……慶人……かわいい……」

彼の甘く響く声。聴覚からとろけてしまいそうだ。

「あ……ああ……ん……だ……だめ……だめ……っ」

彼がもどかしいほど優しく、慶人の果実とまだ堅く閉じているつぼみを愛撫《あいぶ》する。

「もっと……声聞かせて……慶人……」

「だめ……恥ずかし……しい……」

「いいよ……すごくかわいい……慶人……慶人……」

感じるところをすべて攻められていると思った。耳元にささやきを注ぎ込まれ、器用な指で大切なところを暴かれる。もう泣きたくなるほど、身体が高まっている。

「……来て……」

微《かす》かな声で。

「早く……来て……」

誰《だれ》にも聞かせられない声。甘くかすれ、高くうわずったあえぎ混じりの声。

「……慶人……っ」

彼がふっと体勢を変える。慶人の腰を軽々と抱き上げ、小さく締まった二つの丸みを手に包んで、両足を大きく開かせる。

「……っ！」

打ち込まれた衝撃に、喉が大きくのけぞり、両手が彼の背中に食い込む。

「あ……ああ……っ！」

痛みよりも熱さを感じる。もう何度も彼と交わっているけれど、何度抱かれても、この瞬間だけは声を上げてしまう。高くうわずる悲鳴は自分の声と思えないくらいに甘い。

「あ……あん……っ、あん……っ！」

不規則に打ち込まれる高まりに、声があふれる。こんなに声を出してしまうのは恥ずかしいのに、彼に抱かれると普段の慎み深さをかなぐり捨てて、本能のままに声を上げてしまう。

「ああん……っ！」

「慶人……ああ……慶人……すごく……いい……」

切なくかすれる彼の声。熱い吐息が首筋にかかる。

「いい……すごく……いい……」

「もっと……深く……」

身体の奥でくすぶる熱。もう少しで届く。あと少しで、すべてが燃え上がる。

「もっと……奥まで……っ」

吐息でねだる。細い腰をくねらせてねだる。理性の檻《おり》を本能が食い破っていく。

「ああ……」

「……っ！」

ぐうっと奥まで貫かれた。まぶたの裏が真っ白になって、一瞬、意識が飛んでしまう。ひくひくと痙攣《けいれん》するように震えながら、彼の背中にしがみつく。

「あ……あ……あ……っ！」

きつく揺すり上げられる。ベッドから抱き上げられ、下半身は完全に宙に浮いた形になっている。彼に激しく揺さぶられて、ただ切れ切れの悲鳴を上げる。

「ああ……だ……だめ……ああ……ああん……っ」

「ああ……い……いい……慶人……慶人……」

二つの身体がひとつに溶ける。同じリズムを刻むひとつのオブジェになって、薄闇《うすやみ》をさまよう。

「もう……だめ……もう……っ」

ほっそりした身体が弓なりにしなる。抑えきれない震え。声にならない悲鳴。

「だめ……ぇ……っ！」

「……っ！」

糸の切れたマリオネットのように、ぱたりと右手がベッドの上に落ちる。汗に濡《ぬ》れた髪がシーツに乱れる。彼の汗がぽたりと自分の胸に落ちるのを、慶人はぼんやりと見ていた。

ああ……一人じゃないんだ……二人なんだ……と思いながら。

彼が健やかな寝息を立てている。

ねぇ、病院で何があったの？　何か、心に重いものを抱えて帰ってきたんじゃないの？

帰ってきた時の疲れ切った顔でわかる。

でも、僕は何も聞かない。ただ君を迎え、君を抱きしめる。君の身体を温める。

きっと、言葉なんていらないんだ。君に触れ、君が僕に触れ、そしてわかる。

ああ、確かに君はそこにいて、僕がここにいる。

柔らかな温もりを感じながら、僕たちはつかの間の夢を見る。二人でひとつの夢を見る。

おやすみ。

明日も二人でいよう。温もりを分け合って、二人でいよう。

もう一人の夜はいらない。

あとがき

こんにちは、春原いずみです。

ラルーナ文庫さんでは、初めましてになります。

「君と飛ぶ、あの夏空」、お届けいたします。楽しんでいただけたでしょうか。

春原いずみの小説を初めてお読みいただく方にちょっとご説明いたしますと、春原はこうした医療ものを大喜びで書く作家でございます。昼稼業と呼んでいる別の仕事を持っており、そちらが医療関係で、作家よりも長くやっていたりします。そんなわけで、医療ものは書くのも読むのも大好きでございます（海堂尊先生が名誉会長となっていらっしゃる学会にも所属しております。本当に趣味と実益です）。そんな作家が書いた医療もの、楽しんでいただけたら何よりです。

さて、少しページをいただきましたので、言い訳というか、ご説明をしておきましょう。

この作品ではドクターヘリを扱いましたが、実はこのヘリに搭乗するフライトドクターは、見た目ほとんどジャージのようなフライトスーツを着用しているのが普通です。この作品を書いている時に、昼稼業の職場でたまたまフライトドクターにお会いしましたが、黒のフライトスーツをお召しでした。しかし、イラストの入る小説であるこの作品では、多少見栄えを考えて、登場人物たちには白衣を着たままヘリに乗ってもらいました。さぞや寒かったと思います（笑）。余談ですが、件《くだん》のフライトドクター、患者さんを我が職場に託した後、当然所属されている病院（某大学病院でした）に戻られるわけですが、「どうやってお戻りに？」と尋ねましたら、「ヘリを待たせていますので」とのお返事でした。か、かっこいいっ！　今まで聞いた中で、いちばんかっこいい台詞かもしれません。現実が小説を超えた瞬間でした。私の姉も医療関係で、姉はこのドクターヘリを持っている病院に関係しているのですが、ドクターヘリくんは毎朝八時半に格納庫からぱたぱた飛んで出勤してきて、午後五時におうちへ帰るそうです。か、かわいいっ！　かわいいぞっ！

ドクターヘリがちょうどいろいろな意味で注目されつつある時期に書いたということもありますが、たまたまこの仕事中に、続けてドクターヘリ関係のエピソードに接しましたので、ご披露してみました。

そして、救命救急についてですが、今の私はのんびりとした仕事をしておりますが、以前はポケベル一発で職場に呼び返されるという仕事に就いていました。そうなんです。この業界ではまだポケベルが生きているんです。携帯は圏外になることがあるので、緊急呼び出しには使えないことがあるのです。消防や救命救急の世界では、ポケベルはまだまだ生きています。そういや、その頃、ポケベルで呼び出しを受けて、警察の検問を突破したことがあったな……。免許証とポケベル突きつけたら、突破させてくれました、警察。院長が監察医やってたり、勾留中の容疑者の診療をやったりして、警察には縁のある病院だったので、こんな無茶が通ったんでしょう。はは……。

さて、そんな背景のある本作品では、逆月酒乱先生にイラストをお願いいたしました。繊細で色っぽい絵柄に一目惚れして、お願いさせていただきました。ヘリやら白衣やら、面倒な作品に素敵なイラストをありがとうございました。心からの感謝を。

そして、お声をかけてくださった編集のFさま、いろいろぽかをやらかしてしまって申し訳ありませんでした。作家を何年やっても、間抜けな私ですが、見捨てることなく、おつきあいくださって、ありがとうございました。ぺこり。

最後になりましたが、この本を手にとってくださったあなたに、両手いっぱいのハグと感謝を。たくさんの本の中から選んでくださって、ありがとうございました。気に入っていただけるといいのですが。お気に召したら、感想などもいただけると嬉しいです。お声のひとつひとつが作家の励みになります。これからもよろしくお願いいたします。

そんなこんなの春原いずみの昼稼業、夜稼業の様子はＴｗｉｔｔｅｒなどでつぶやいておりますので、よろしければ検索を。「春原いずみ」もしくは「ｉｓｕｎｏｈａｒａ」でどうぞ。

それでは、本日の診療時間も終わりに近づきました。次のご予約はなさいましたか？　救命救急センターでも受け入れをしておりますので、いつでもどうぞ。当院は二十四時間いつでもお待ちしております。SEE YOU NEXT TIME！

春原いずみ

初の医者もの、
不器用ながら楽しく描かせて頂きました。

素敵な作品を担当させて頂き感謝です。
春原先生、担当さまありがとうございました!

本作品は書き下ろしです。

ラルーナ文庫

この本を読んでのご意見・ご感想・ファンレターなどお待ちしております。〒111−0036 東京都台東区松が谷1−4−6−303 株式会社シーラボ「ラルーナ文庫編集部」気付でお送りください。

君《きみ》と飛《と》ぶ、あの夏空《なつぞら》
～ドクターヘリ、テイクオフ！～

2016年8月7日 第1刷発行

著　　　者｜春原《すのはら》いずみ

装丁・DTP｜萩原 七唱

発　行　人｜曺 仁警

発　行　所｜株式会社 シーラボ
〒111-0036 東京都台東区松が谷 1-4-6-303
電話 03-5830-3474／FAX 03-5830-3574
http://lalunabunko.com

発　　　売｜株式会社 三交社
〒110-0016 東京都台東区台東 4-20-9 大仙柴田ビル 2 階
電話 03-5826-4424／FAX 03-5826-4425

印刷・製本｜シナノ書籍印刷株式会社

 ISBN978-4-87919-899-0